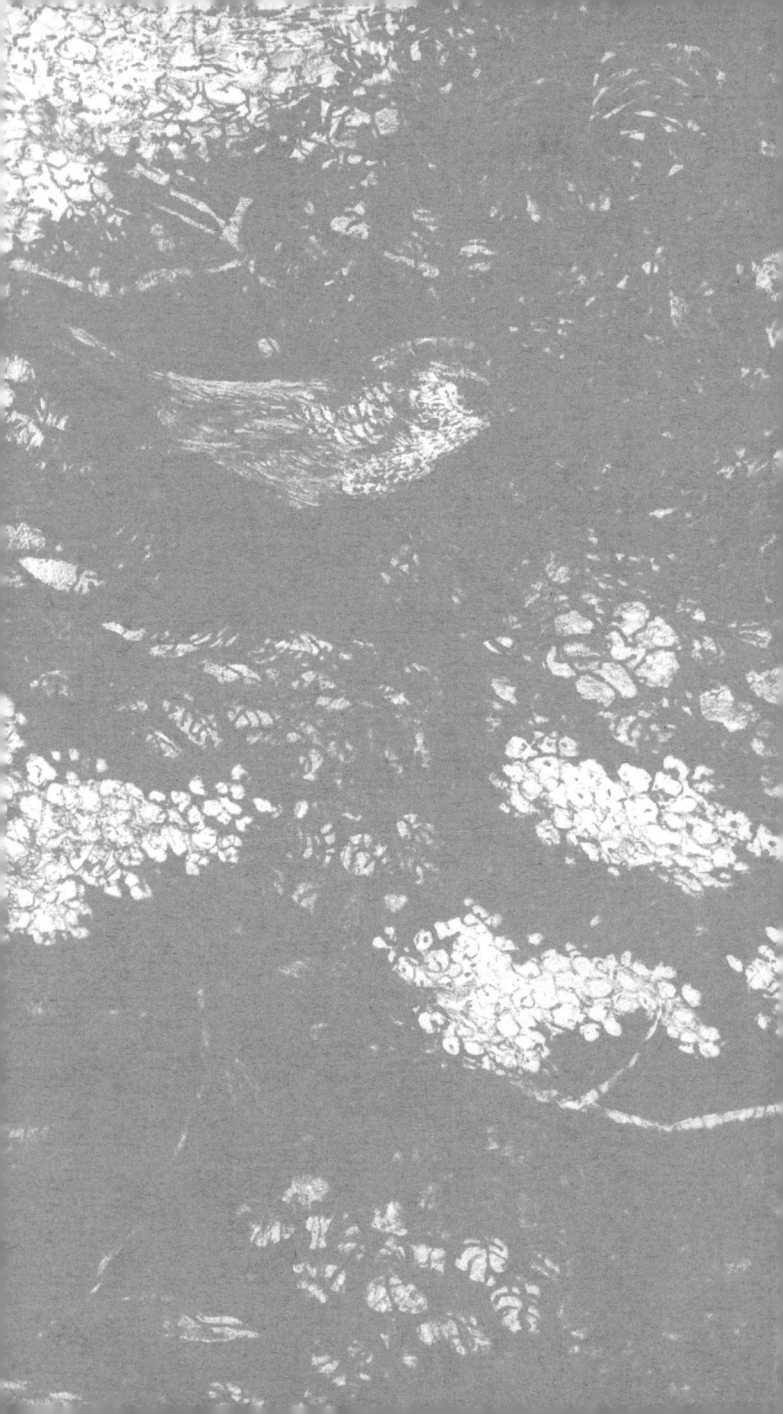

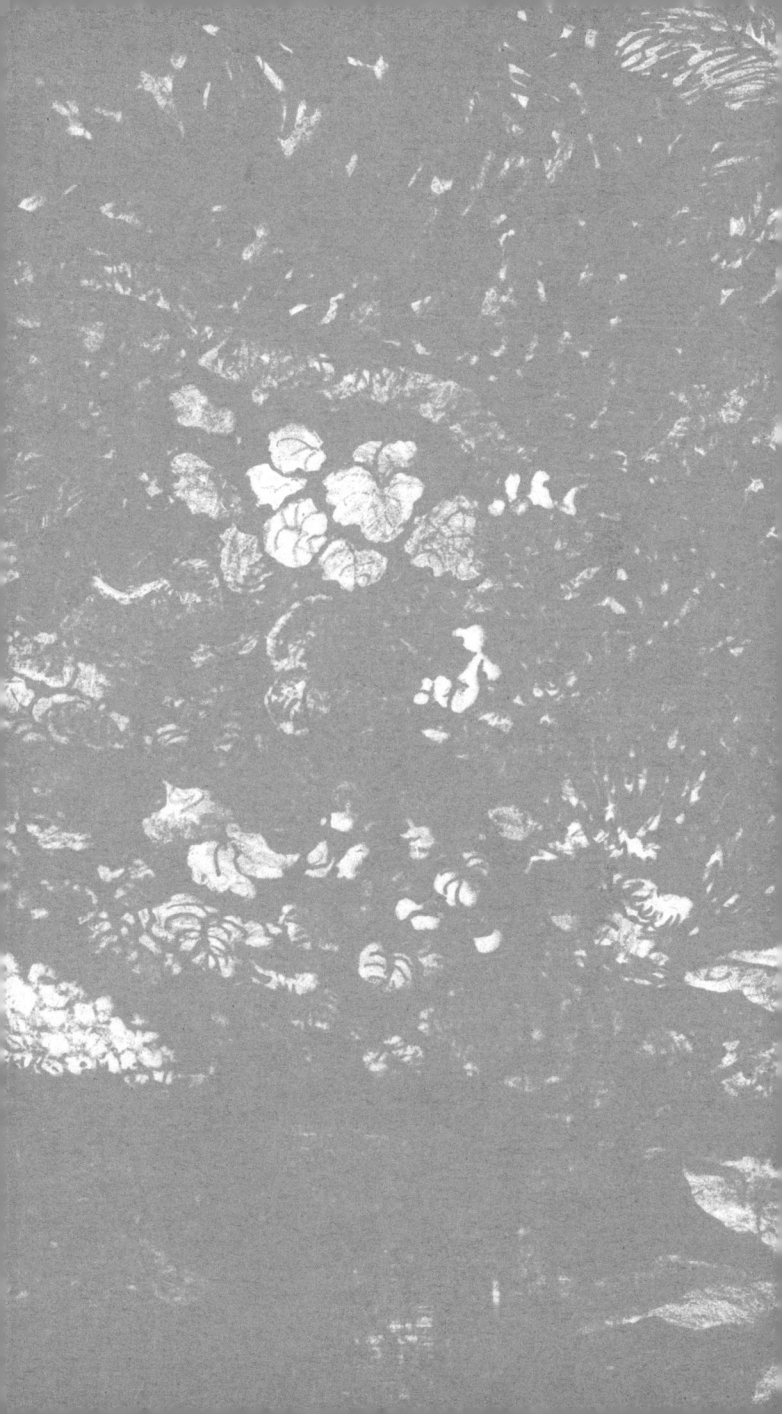

우리 몫의 후광은 없나 보네

일러두기

이 책에 실린 삽화는 모두 테오 판 호이테마의 그림이다.
작품명 아래 연도는 최초 발표 시기이며, 원전은 책 끝에 실었다.
문학 작품은 「」로, 책은 『』로, 잡지는 《 》로, 노래는 〈 〉로 표기했다.
각주는 옮긴이가 썼다.

우리 몫의 후광은 없나 보네

세계 크리스마스 단편선 · 오 헨리 외 지음 · 김영글 옮김
Robert Walser · Muriel Spark · Vladimir Nabokov
O. Henry · Jules Supervielle · Charles Dickens
Hans　　　　　Christian　　　　　Andersen

돛과닻

독자에게

성탄절이 생겨난 뒤, 다시 말해 예수의 탄생을
기념하고 축제 삼기로 한 문화적 발명 이후,
인류는 크리스마스를 배경으로 수많은 이야기를
만들어왔다. 그 이야기들은 크리스마스에 나누는
인사말처럼 따뜻하고 낙관적인 세계관을 전한다.
대개는 절망 끝에 희망이 오고 맑은 영혼은
구원받는다는 결말이다. 그런 희망이 섣부르다고
말하고 싶지는 않다. 아낌없는 축복의 언어와
선량한 이웃에 대한 상상력은 삭막한 세상에 그나마
온기를 더해주었을 것이다.
    하지만 세상에는 조금 다른 이야기도 있다.
달콤한 위로와 약속으로 현실의 균열을 봉합하지
않는 이야기, 읽고 나면 마음을 무겁게 만들지만
그만큼 단단하게도 해주는 이야기, 희망이
그러하듯 절망 또한 함부로 여길 수 없다는 사실을
일깨워주는 이야기들 말이다. 이번 크리스마스에는
다소 괴팍한 산타클로스가 된 마음으로, 그런
이야기만을 정성껏 골라 독자에게 건네본다.

목차

9   전나무 — 한스 크리스티안 안데르센

27 경찰과 찬송가 — 오 헨리

41 신호수 — 찰스 디킨스

67 구유 옆의 소와 당나귀 — 쥘 쉬페르비엘

99 죽음 — 블라디미르 나보코프

113 낙엽 쓰는 사람 — 뮤리엘 스파크

125 한 편의 크리스마스 이야기 — 로베르트 발저

133 엮은이의 글

139 작가 소개

143 원전 및 저작권

전나무

The Fir Tree, 1844
한스 크리스티안 안데르센

숲속에 아주 예쁘고 작은 전나무 한 그루가 서있었다.
햇볕이 잘 들고 맑은 공기도 충분한 자리였다.
주위에는 키 큰 전나무와 소나무가 즐비했다.

작은 전나무는 빨리 자라고 싶어 안달이 났다.
따스한 햇살도 신선한 공기도 아랑곳하지 않았고,
산딸기를 따러 와서 재잘대는 농가 아이들에게도
관심이 없었다. 이따금 양동이를 가득 채운 아이들은
열매 줄기를 빨대에 엮어 긴 끈을 만든 뒤 작은
전나무 곁에 앉아 놀다가 이렇게 말하곤 했다.

"참 작고 예쁜 나무다. 숲의 아기 같네."

작은 전나무에게는 전혀 달갑지 않은 말이었다.

이듬해 가지에 새 마디가 훌쩍 돋아났다. 그다음
해에는 더 긴 마디가 돋았다. 전나무는 나이테가
아니라 마디 수를 헤아리면 나이를 알 수 있었다.

"나도 저 나무들처럼 다 자란 나무였으면 좋겠어." 작은 전나무는 한숨을 쉬었다. "그러면 가지를 활짝 뻗어 높은 꼭대기에서 세상을 굽어볼 수 있을 텐데. 새들이 내 품에 둥지를 틀고, 바람이 불면 큰 나무들처럼 흔들릴 수도 있을 텐데."

햇볕도 새들도 작은 전나무에게 기쁨을 주지 못했다. 아침저녁 머리 위로 붉게 물든 구름이 떠다녀도 전나무는 무심했다.

겨울이 오고 숲에 눈이 쌓여 반짝이면 산토끼가 깡충깡충 뛰어와 작은 전나무를 훌쩍 뛰어넘곤 했다. 어찌나 성가신지! 그런 일이 두 해나 이어졌다. 하지만 세 번째 겨울이 오자 나무가 제법 자라 산토끼는 더 이상 뛰어넘지 못하고 빙 돌아가야 했다.

"아, 더 자랐으면, 더 커졌으면! 그게 세상에서 가장 멋진 일이 아닐까." 작은 전나무는 그렇게 믿었다.

가을이 되니 나무꾼들이 와서 가장 큰 나무 몇 그루를 베어갔다. 해마다 되풀이되는 일이었다. 웅장하던 거목이 땅에 와르르 쓰러지고, 가지가 모조리 잘려 앙상해진 몸으로 수레에 실렸다. 이제 더 이상 아기가 아닌 어린 전나무는 그 광경에 몸서리를 쳤다. 나무들이 수레에 실려 숲 밖으로 나갈 때면, 예전부터 알던 나무들이라고는 도저히 알아볼 수 없을 만큼 낯설었다. 도대체 어디로 가는 걸까? 저들은 앞으로 어떻게 되는 걸까?

봄이 되자 제비와 황새가 돌아왔다. 전나무가 물었다.

"혹시 다른 나무들이 어디로 갔는지 아세요? 보신 적 있어요?"

제비는 아무것도 몰랐지만 황새는 생각에 잠기는 듯하더니 고개를 끄덕였다.

"그래, 본 것 같구나. 내가 이집트에서 돌아오는 길에 새로 지은 배를 여러 척 봤는데, 키 큰 돛대들이 우뚝 솟아있더라. 네가 말하는 나무들이었는지도 모르지. 전나무 냄새가 났거든. 그 나무들이 안부를 전해달라고 하더구나."

"아, 나도 바다에 갈 만큼 자랄 수 있다면! 바다는 어떤 곳인지 들려주세요. 어떻게 생겼어요?"

"그건 너무 긴 이야기란다." 황새는 그렇게만 말하고 성큼성큼 걸어가 버렸다.

햇살이 속삭였다.

"네 젊음을 기뻐하렴. 네 안에서 자라나는 힘을, 생명의 기운을 자랑스레 여기렴."

바람이 입을 맞춰주었지만 전나무의 뺨에는 눈물이 이슬처럼 맺혔다. 전나무는 세상 이치를 알기에는 아직 너무 어렸다.

크리스마스가 다가올 무렵, 어린나무들이 많이

베어졌다. 그중에는 우리의 작은 전나무보다 더 어리거나 키가 작은 나무도 있었는데, 숲에서 가장 멋지게 생긴 나무들이었다. 그들은 가지가 잘리지도 않은 채 그대로 수레에 실려 숲을 떠났다.

"저 나무들은 도대체 어디로 가는 걸까?" 전나무는 궁금했다.

"내 키보다 크지도 않은데. 어떤 건 나보다 한참 작은데. 쟤들은 왜 가지를 달고 가는 걸까? 도대체 어디로 가는 걸까?"

"우린 알지! 우린 알지!" 참새들이 짹짹거렸다. "우린 마을에 가서 창문으로 다 봤어. 그 나무들이 어딨는지 알지. 얼마나 눈부신 광경인지 몰라! 우린 다 봤어. 따뜻한 방 한가운데 나무를 심어놓고, 금빛 사과랑 맛있는 과자랑 알록달록한 장난감이랑 양초를 수백 개나 달아놨어."

"그러고 나서는?" 전나무가 잎사귀들을 바르르 떨며 물었다. "그다음엔 어떻게 돼?"

"우리도 거기까지밖에 못 봤어. 하지만 그렇게 멋진 광경은 처음이었어."

"혹시 나도 그런 영광스러운 날을 위해 태어난 걸까?" 전나무는 가슴이 벅차올랐다.

"그건 바다를 건너는 것보다 훨씬 멋진 일이야. 아, 어서 크리스마스가 왔으면! 나도 이제 작년에 뽑힌 나무들만큼 키가 자랐어. 어서 수레에 실려서 그 따뜻하고 눈부신 방으로 간다면 얼마나 좋을까. 그러고 나면 틀림없이 더 근사하고 중요한 일이 기다리고 있을 거야. 그렇지 않고서야 왜 그렇게 화려하게 장식하겠어? 그래, 분명 더 굉장한 일이 있을 거야! 하지만 그게 뭘까? 아, 가슴이 터질 것 같아. 왜 이러는지 나도 모르겠어."

햇살과 공기가 속삭였다. "지금 이 순간을 마음껏 기뻐하렴. 젊은 나날을, 이 탁 트인 숲속에서."

하지만 전나무는 조금도 기뻐하지 않았다. 그저 자라날 뿐이었다. 여름에도 겨울에도 푸르른 빛으로 계속 자라났다. 숲을 지나던 사람들은 발길을 멈추고 감탄했다.

"참 아름다운 나무네."

다음 크리스마스가 돌아왔을 때, 전나무는 가장 먼저 베어졌다. 도끼가 속살 깊숙이 파고들자 전나무는 쓰러지며 신음을 토했다. 고통에 정신이 아득해졌다. 기대했던 행복보다는 자라온 숲을 떠나야 한다는 슬픔이 밀려왔다. 사랑하던 벗들, 곁에 있던 작은 덤불과 꽃들, 어쩌면 새들조차도 이제 다시는 볼 수 없으리라는 생각이 들었다. 이별은 결코 즐거운 것이 아니었다.

마당에 실려 온 나무들이 모두 내려지고 나서야 전나무는 정신을 차릴 수 있었다. 그때 한 남자가 말했다.

"훌륭하군. 이 나무로 하지."

그러자 근사한 제복을 차려입은 하인 둘이 나타나, 전나무를 들어 커다랗고 웅장한 응접실로 옮겼다. 사방 벽에는 초상화가 걸려있었고, 흰색 도자기 난로 양옆에는 뚜껑에 사자가 얹힌 거대한 중국 꽃병이 놓여 있었다. 안락의자와 비단으로 감싼 소파, 긴 탁자들 위에는 그림책과 장난감들이 놓여 있었는데, 아이들 말로는 돈으로 가늠하기 어려울 만큼 값비싼 것들이라고 했다.

전나무는 모래를 가득 채운 커다란 통에 심어졌다. 초록빛 화려한 천에 싸이고 밑에는 알록달록한 융단이 깔려있어 아무도 그것이 통이라는 사실을 눈치채지 못했다. 전나무는 온몸이 떨렸다. 이제 무슨 일이 일어날까?

하인들뿐 아니라 젊은 여자들까지 나서서 전나무를 정성껏 꾸몄다. 알록달록한 종이를 잘라 만든 작은 그물주머니에는 알사탕이 가득 담겨 가지마다 걸렸고, 금박을 입힌 사과와 호두가 마치 원래 그 자리에 열매 맺힌 듯 송이송이 달렸다. 하얀색, 파란색, 그리고 빨간색까지, 수백 개의 초가 가지 끝마다 고정되었다. 짙푸른 가지 사이사이에는 인형들이 매달려 흔들렸는데, 전나무에게는 살아있는 사람으로 보일 만큼 낯설고 신기했다. 그리고 맨 꼭대기에는 커다란 금빛 별이 달렸다.

그것은 실로 눈부셨다. 말로 다 표현할 수 없을 만큼 눈부셨다!

"오늘 밤, 아, 오늘 밤 이 나무가 얼마나 빛날까!" 사람들이 말했다.

전나무는 생각했다. '아, 제발 오늘 밤이 빨리 왔으면! 초들이 얼른 밝혀졌으면! 그러고 나면, 그다음엔 무슨 일이 일어날까? 숲속의 나무들이 몰려와 나를 보게 될까? 참새들이 창가로 떼 지어 날아올까? 난 이제 여기 뿌리를 내려, 사시사철 화려한 장식을 두른 채 서있게 되는 걸까?"

전나무가 아는 것은 그 정도뿐이었다. 갈망은 전나무의 껍질 속으로 스며들어 몸을 활처럼 휘게 했다. 나무에게 그것은 두통만큼이나 괴로운 일이었다.

이윽고 초들이 하나둘 켜졌다. 눈부신 광채가 방안을 가득 채웠다. 환하디환한 불빛에 흥분한 전나무는 가지마다 부르르 떨었고, 그 바람에 가지 하나가 촛불에 끝부분을 태우고 말았다. 끔찍하게 아팠다.

"세상에!" 여자들이 깜짝 놀라 불을 꺼주었다. 그 뒤로 전나무는 가지 하나 바스락거릴 엄두조차 내지 못했다. 무시무시했다. 만일 이 예쁜 장식을 하나라도 떨어뜨린다면 얼마나 끔찍할까. 생각만 해도 아찔했다. 전나무는 자신의 눈부심에 현혹되어 눈이 멀 지경이었다.

갑자기 접이문이 활짝 열리더니 아이들이 무리 지어 들이닥쳤다. 아주 나무를 넘어뜨릴 기세였다. 곧이어 어른들이 뒤따라 들어왔는데 그들은 훨씬 의젓했다. 잠깐, 물론 아주 잠깐이긴 했지만, 아이들은 숨이 막힌 듯 말이 없었다. 그러나 이내 들끓는 환호성이 천장을 울렸다. 아이들은 나무 둘레를 춤추듯 빙글빙글 돌며, 걸려있는 선물을 하나씩 집어 갔다.

"아이들이 지금 무슨 짓을 하는 거지?" 전나무는 의아했다. "이 다음엔 또 무슨 일이 벌어질까?"

바닥까지 타들어 간 초들이 모두 꺼졌다. 그러자 아이들에게 나무를 마음껏 털어가도 좋다는 허락이 떨어졌다. 아이들은 가지가 부러질 정도로 맹렬히 덤벼들었다. 만약 꼭대기의 금빛 별이 천장에 묶여 있지 않았다면 나무는 곤두박질치듯 넘어지고 말았을 것이다.

아이들은 멋진 장난감을 자랑하듯 흔들며 나무 주위를 뛰어다녔다. 이제 전나무를 돌아보는 이는 아무도 없었다. 오직 늙은 유모만이 가지 사이를 헤집어보았는데, 그것도 사과나 무화과가 남아있지 않은지 확인하려는 눈길일 뿐이었다.

"이야기해 주세요! 이야기해 주세요!"

아이들이 뚱뚱하고 키 작은 사내를 전나무

쪽으로 끌고 왔다. 그는 나무 아래 앉아 말했다.

"자, 여기가 숲속이라 치자꾸나. 이 나무도 우리 이야기를 함께 듣는 게 좋겠지. 딱 하나만 들려줄 테니 잘 들으렴. '이베디-아베디' 이야기를 들을래, 아니면 '험프티-덤프티' 이야기를 들을래?"

"이베디-아베디!" 몇몇 아이들이 외쳤다.

"험프티-덤프티!" 다른 아이들도 맞받아 외쳤다.

순식간에 시끌벅적해졌다. 전나무는 조용히 있었지만 속으로는 중얼거렸다.

"나는 여기서 빠져 있어야 하는 걸까? 내가 할 수 있는 일은 없는 걸까?"

전나무는 그날 밤 자신이 이 즐거운 분위기의 주인공이라고, 그 속에서 제 몫을 잘해왔다고 믿고 있었다.

뚱뚱한 사내는 아이들에게 험프티-덤프티 이야기를 들려주었다. 계단에서 굴러떨어졌지만 결국 왕위에 올라 공주와 결혼했다는 이야기였다. 아이들은 손뼉을 치며 외쳤다.

"또 들려주세요! 하나만 더요!"

아이들은 이베디-아베디 이야기도 듣고 싶어 했지만, 험프티-덤프티로 이야기는 끝나고 말았다. 전나무는 가만히 서서 곰곰이 생각했다. 숲속의 새들도 이런 이야기를 들려준 적은 한 번도 없었다.

'험프티-덤프티는 계단에서 굴러떨어지고도

공주와 결혼했어. 생각해 봐! 세상일은 아마 그런 식으로 일어나는 게 틀림없어. 어떻게 될지 아무도 알 수 없는 거야. 어쩌면 나도 계단에서 굴러떨어진 뒤에 공주와 결혼하게 될지도 몰라.' 전나무는 그렇게 믿었다. 좋은 사람이 들려준 이야기였으니 한마디도 의심하지 않았다.

전나무는 다음 날을 손꼽아 기다렸다. 과일과 장난감, 양초와 금박 장식으로 다시 치장될 그날을. '내일은 떨지 말아야지.' 전나무는 다짐했다. '화려한 내 모습을 마음껏 즐겨야지. 내일은 험프티-덤프티 이야기를 다시 듣고, 어쩌면 이베디-아베디 이야기도 들을 수 있을 거야.'

그날 밤 내내 전나무는 고요히 선 채로 꿈꾸었다. 이튿날 아침이 되자 집사와 하녀가 먼지를 털러 들어왔다.

'이제 다시 화려하게 꾸며지겠구나.' 전나무는 생각했다.

하지만 집사와 하녀는 나무를 위층 다락방으로 끌고 올라가더니 햇빛 한 줄기 들지 않는 캄캄한 구석에 두고 가버렸다.

'이게 무슨 일이지?' 전나무는 의아했다. '여기서 내가 뭘 해야 하지? 어떤 이야기를 들을 수 있을까?'

전나무는 벽에 기대어, 몽롱한 꿈에 잠긴 채 시간을 흘려보냈다. 낮과 밤이 차례로 흘러가는 동안 꿈꿀 시간은 넘쳐났다. 그러나 다락방에는 아무도 오지 않았다. 마침내 누군가 나타나긴 했지만 단지 커다란 상자들을 구석에 쌓아두려고 온 것이었다. 전나무는 이제 상자들에 가려져 완전히 잊힌 듯했다.

'밖은 아직 겨울이야.' 전나무는 생각했다. '땅이 딱딱하게 얼어붙고 눈으로 뒤덮여 있어서 지금은 나를 심을 수 없을 거야. 봄이 올 때까지 잠시 머물라고 여기 둔 게 분명해. 사려 깊은 사람들! 참 좋은 사람들이야! 하지만 여기가 이렇게 어둡지 않았으면. 그리고 이렇게 외롭지 않았으면 좋겠는데. 산토끼 한 마리조차 없잖아. 숲에서 눈 내린 날이면 토끼가 깡충거리며 다가와서 참 정다웠지. 그래, 날 훌쩍 뛰어넘은 것마저도 지금 생각해 보면 다 정다운 일이었어. 그런데 여긴 너무너무 외롭기만 해.'

"찍찍!" 그때 작은 생쥐 한 마리가 나타나더니 바닥을 가로질러 기어 왔다. 곧이어 또 다른 생쥐가 따라왔다. 녀석들은 전나무에 코를 대고 킁킁 냄새를 맡은 뒤 가지 사이를 바스락거리며 드나들었다. "여긴 무시무시하게 춥네요." 생쥐 한 마리가 말했다. "추운 것만 빼면 꽤 괜찮은 곳 같은데. 그렇지요, 늙은 전나무 아저씨?"

"난 늙지 않았어." 전나무가 대답했다. "나보다 훨씬 나이 많은 나무들이 얼마든지 있어."

"아저씨는 어디서 왔나요? 무엇을 알고 있지요?"
생쥐들이 꼬치꼬치 캐물었다. 정말이지 호기심 많은
생명체였다.

"세상에서 가장 아름다운 곳이 어디예요? 가본
적 있다면 말해줘요. 혹시 식료품 창고에도 가본 적
있나요? 선반마다 치즈가 가득하고 들보마다 햄이
매달려 있는 곳 말이에요. 거기선 기름 초 위에서
춤출 수도 있고, 홀쭉이로 들어갔다가 뚱뚱이가
되어서 나올 수도 있다던데요."

"그런 곳은 몰라." 전나무가 대답했다. "하지만
나는 숲을 알아. 햇살이 쏟아지고 작은 새들이
노래하는 곳이지."

전나무는 어린 시절 이야기를 들려주었다. 작은
생쥐들은 난생처음 듣는 이야기였다. 그들은 숨죽인
채 귀 기울여 듣고는 감탄했다. "와! 정말 많은 걸
보면서 살았군요. 얼마나 행복했을까!"

"내가?" 전나무는 곰곰이 생각했다. "그래, 그
시절은 제법 즐거웠지."

전나무는 사탕과 양초로 장식되었던
크리스마스이브의 기억도 들려주었다.

"와, 운이 참 좋았군요, 늙은 전나무 아저씨."
생쥐들이 감탄했다.

"난 늙지 않았어." 전나무가 고개를 저었다.
"지난겨울에야 겨우 숲에서 나왔는걸. 지금이야말로

내 생의 한창때야. 다만 지금은 성장이 잠시 멈춰있을 뿐이지."

"전나무 아저씨는 이야기를 참 잘하시네요." 생쥐들이 말했다.

다음 날 밤, 녀석들은 다른 생쥐 네 마리까지 데려와 이야기를 다시 들려달라고 했다. 나무는 이야기를 거듭할수록 기억이 선명해졌다.

"그때는 참 행복했어. 하지만 그런 날이 언젠가 다시 돌아올 수도 있겠지. 그래, 험프티-덤프티도 계단에서 굴러떨어졌지만 결국 공주와 결혼했잖아. 나에게도 그런 일이 일어날지 몰라." 전나무는 숲에서 자라던 작고 아름다운 자작나무를 떠올렸다. 그 나무는 전나무에게 더없이 사랑스러운 공주였다.

"험프티-덤프티가 누구죠?" 생쥐들이 물었다. 전나무는 그 이야기를 처음 들었던 그대로, 토씨 하나 빼놓지 않고 들려주었다. 생쥐들은 기뻐서 금세라도 나무 꼭대기까지 뛰어오를 기세였다.

다음 날 밤에는 더 많은 생쥐가 이야기를 들으러 왔고, 일요일에는 큰 시궁쥐 두 마리도 함께 왔다. 하지만 시궁쥐들은 이야기가 별로 재미없다고 했다. 그 말에 작은 생쥐들은 풀이 죽었고, 이내 자신들도 그다지 재미있지 않다고 여기게 되었다.

"그게 당신이 아는 유일한 이야기야?" 시궁쥐들이 물었다.

"그래, 그것뿐이야." 전나무가 대답했다. "내 생에서 가장 행복했던 어느 밤에 들은 거지만, 그때는 내가 얼마나 행복했는지도 몰랐지."

"허튼소리로군. 베이컨이나 기름 초 얘긴 없어? 제대로 된 식료품 창고 이야기는 모르나 보군?"

"몰라." 전나무가 대답했다.

"그럼 안녕. 우린 다시 오지 않겠어." 시궁쥐들은 그렇게 말하고 떠나버렸다.

결국 작은 생쥐들도 발길을 끊었다. 전나무는 한숨을 내쉬며 중얼거렸다. "아, 그 귀여운 생쥐들이 내 곁에 둘러앉아 이야기를 들어주던 때가 참 즐거웠는데. 이제 그것마저 다 지난 일이 되어버렸구나. 하지만 언젠가 이곳을 벗어나는 날이 오면, 그땐 꼭 마음껏 즐기면서 살아야지."

마침내 그날이 찾아왔다. 어느 아침, 사람들이 다락방을 치우러 올라왔다. 상자들이 옆으로 치워지고, 전나무는 끌려 나와 바닥에 쿵 내동댕이쳐졌다. 곧 하인이 다가오더니 전나무를 계단으로 옮겼다. 그곳에는 햇살이 비치고 있었다.

'이제 다시 내 삶이 시작되겠구나.' 신선한 공기와 햇살이 오랜만에 살결에 스며들어, 전나무는 마당으로 나왔다는 걸 알 수 있었다. 모든 일이 순식간에 벌어진 데다 주위가 부산스러워서 자신이 멀쩡한지 돌아볼 겨를조차 없었다.

그 마당은 꽃이 만발한 정원과 맞닿아있었다.
울타리 말뚝 위로 향기로운 장미 덩굴이 묵직하게
늘어지고 보리수나무에는 꽃이 흐드러지게
피어있었다. 그 사이를 제비들이 스치듯 날며
노래했다.

"탈리라-리라-리, 내 사랑이 돌아왔네."

그러나 그 노래는 전나무를 향한 것이 아니었다.

'이제 나는 다시 살아날 거야.' 전나무는
기뻐하며 가지를 쭉 뻗어보았다. 하지만 가지는
이미 갈색으로 시들어 금방이라도 바스러질 듯했다.
전나무는 잡초와 쐐기풀이 무성한 마당 구석으로
내팽개쳐졌다. 그러나 꼭대기에 달린 금빛 별만은
햇살 속에서 꿋꿋이 빛나고 있었다.

아이들 몇이 마당에서 놀고 있었다.
크리스마스에 전나무 둘레를 돌며 춤추고
즐거워하던 아이들이었다. 그중 막내가 전나무를
덥석 붙잡더니 꼭대기에 매달린 금빛 별을 뜯어냈다.

"이 낡고 못생긴 크리스마스트리에 아직도 별이
달려있잖아." 아이가 전나무를 꾹꾹 밟았다. 신발
밑에서 가지들이 뚝뚝 부러져갔다.

전나무는 정원에 활짝 피어있는 꽃들을
바라보았다. 그리고 시들어버린 자기 모습을 보니,
차라리 다락방 어두운 구석에 그냥 남아있었더라면
하는 마음이 들었다. 깊은 숲속에서 보낸 어린

날들이 떠올랐고, 행복했던 크리스마스이브, 그리고 험프티-덤프티 이야기에 신나 하던 작은 생쥐들이 줄줄이 떠올랐다.

"나의 날들은 다 끝나버렸구나." 불쌍한 전나무가 중얼거렸다. "그때 마음껏 즐겨야 했는데. 이제 모두 지나가 버렸어. 모두 다."

하인이 와서 전나무를 잘게 잘랐다. 나무 조각들이 한데 쌓여 제법 큰 더미가 되었다. 커다란 구리 솥 아래서 조각들은 활활 타올랐고, 전나무는 깊은 신음을 토해냈다. 신음 하나하나가 마치 둔탁한 총성이 터지는 듯했다. 근처에서 놀던 아이들이 달려와 불꽃 주위를 빙 둘러서서, 타오르는 불길을 들여다보았다. "퍽! 퍽!" 하고 아이들이 장난스럽게 외쳤다.

하지만 신음이 터져 나올 때마다 전나무는 숲속의 눈부신 여름날과 별빛 가득한 겨울밤을 떠올렸다. 크리스마스이브를 떠올렸고, 험프티-덤프티 이야기도 떠올렸다. 그 이야기는 전나무가 들어본 단 하나의 이야기이자 자신이 세상에 전해줄 수 있었던 유일한 것이었다. 불길 속에서 전나무는 모두 타서 사라졌다.

아이들은 여전히 마당에서 뛰놀았다. 막내는 전나무의 가장 행복했던 밤을 장식하던 금빛 별을 가슴에 달고 있었다. 그러나 지금은 별도 없고,

전나무도 없다. 그리고 이 이야기도 여기서 끝난다.
모든 이야기는 언젠가 끝나게 마련이다.

경찰과 찬송가

The Cop and the Anthem, 1904
오 헨리

매디슨 스퀘어 공원의 벤치에 누워있던 소피는 몸을 자꾸만 뒤척였다. 밤하늘 드높이 기러기 떼가 울며 날아가고, 물개 가죽으로 만든 외투를 갖지 못한 아내들이 남편에게 한결 상냥해지고, 소피가 이렇게 공원 벤치에서 몸을 뒤척인다는 것은 겨울이 성큼 다가왔다는 뜻이다.

낙엽 한 잎이 소피의 무릎에 떨어졌다. 서리 요정의 명함이었다. 이 요정은 공원에 상주하는 이들에겐 꽤 친절한 손님이어서 해마다 방문하기 전에 미리 신호를 주곤 한다. 네거리 모퉁이에서 그가 대자연 저택의 집사인 북풍의 손에 명함을 뿌리면, 공원 주민들은 슬슬 월동 준비를 시작한다.

소피도 곧 닥쳐올 혹독한 시기에 대비해 수단과 방법을 가리지 않고 채비를 해두지 않으면 안 된다는

것을 알았다. 그래서 잠들지 못하고 벤치 위에서
계속 몸을 뒤척이고 있었던 것이다.

그가 계획하는 겨울나기는 결코 호사스러운
것이 아니었다. 유람선을 타고 지중해를 건넌다든가
베수비오 만에서 뱃놀이하며 남국의 나른한 하늘을
누린다든가 하는 공상은 꿈에도 하지 않았다. 다만
섬*에서 석 달만 나고 싶다는 것이 그의 바람이었다.
잠자리와 먹을 것이 보장되고 마음 맞는 동료들이
있는 교도소에서 겨울을 날 수만 있다면 거친 북풍도
파란 제복의 경찰도 두렵지 않을 듯했다.

지난 여러 해 동안 블랙웰은 소피에게 아늑한
겨울 숙소가 되어주었다. 비교적 행운아로 태어난
뉴욕 시민들이 겨울마다 팜 비치나 리비에라행
티켓을 끊듯이, 소피는 연례행사처럼 섬으로 향하는
소박한 겨울 망명을 준비하곤 했다. 올해에도 드디어
때가 왔다. 간밤에 외투 속으로 신문 석 장을 넣어
발목과 무릎을 감싸고 잤지만 고색창연한 광장의
분숫가에 자리한 벤치에서 추위를 물리치기엔
역부족이었다. 그러니 때맞추어 그리운 섬이
머릿속에 떠올랐다.

소피는 도시의 의지할 곳 없는 사람들을 위해

* 당시 뉴욕의 블랙웰 아일랜드에는 교도소와 빈민 병원이
모여있었고, '섬'은 이런 시설들을 통칭하는 관용적
표현이었다.

자선이라는 이름 아래 마련된 시설들을 경멸했다. 소피가 생각하기에는 자선활동보다 차라리 법률이 더 자비로웠다. 시에서 운영하는 시설이나 자선단체가 세운 공간은 얼마든지 있었고, 그곳에서는 최소한의 잠자리와 음식을 제공받을 수도 있었다. 하지만 소피처럼 자존심 강한 사람에게 자선이라는 선물은 달갑지 않았다. 돈을 내지 않을 뿐이지, 자선 사업의 혜택을 받을 때마다 그 대가로 굴욕이라는 대가를 치러야 했다. 마치 카이사르에게 브루투스가 따라다녔듯이, 자선이 베푼 침상에 올라갈 때면 목욕이라는 통행세가 따라붙었고, 빵 덩어리 하나를 받을 때마다 개인사를 캐묻는 심문이 뒤따랐다. 그러니 차라리 법의 신세를 지는 편이 낫다. 법은 비록 여러 가지 규칙을 따르도록 강제하지만, 신사의 사생활에 부당하게 간섭하려 들지는 않는다.

   섬으로 가기로 결심한 소피는 곧 목표 달성을 위한 업무에 착수했다. 몇 가지 간단한 방법이 있었다. 그중 가장 유쾌한 방법은 고급 레스토랑에서 값비싼 요리를 먹은 다음 한 푼도 없다고 버티는 것이다. 그러면 소란을 부리지 않고서도 조용하고 신속히 경찰에게 넘겨질 테고, 나머지는 친절하신 판사 나리가 알아서 처리해 줄 것이다.

   소피는 벤치에서 일어나 어슬렁어슬렁 광장 밖으로 나갔다. 수평으로 깔린 아스팔트 도로를

여럿 건너 브로드웨이와 5번가가 합쳐지는 대로까지
걷다가, 브로드웨이 모퉁이를 돌아 화려한 조명으로
치장된 음식점 앞에서 발을 멈췄다. 그곳은 밤마다
세련된 선남선녀들이 비단옷을 차려입고 최상급
포도주를 마시러 모여드는 곳이었다.

    소피도 상반신만큼은 자신이 있었다. 수염을
깎았고, 외투도 그만하면 멀쩡했다. 깨끗한 검은색
탈부착 넥타이는 추수감사절에 한 선교사 부인이
선물로 준 것이었다. 의심받지 않고 테이블까지 걸어갈
수만 있다면 성공한 셈이다. 테이블 위로 보이는
모습만으로는 웨이터가 수상쩍게 볼 이유가 없었다.

    '구운 청둥오리 요리가 좋겠군.' 소피는 생각했다.
'샤블리 포도주도 한 병 시키고 디저트로는 카망베르
치즈와 커피 한 잔, 그리고 시가도 한 대 피우는 거야.
시가는 1달러짜리면 충분하겠지.' 소피의 계산에 그
정도면 식당 주인에게 봉변을 당할 정도로 터무니없이
비싼 금액은 아닐뿐더러, 겨울 피난처로 떠나기 전
든든히 배를 채울 마지막 만찬이 되어줄 터였다.

    하지만 소피가 레스토랑 문턱을 넘는 순간
웨이터의 시선이 소피의 낡아빠진 바지와
해진 구두에 쏠리고 말았다. 우람한 손이 그를
재빨리 붙잡아 돌려세우더니 말할 틈조차 주지
않고 인도로 몰아냈다. 덕분에 하마터면 구워질
뻔했던 청둥오리가 위기를 모면할 수 있었다.

소피는 브로드웨이에서 발길을 돌렸다. 교도소에 들어가려면 아무래도 미식가의 여정으로는 안 될 모양이었다. 이제 다른 방법을 찾아봐야 했다.

6번가 모퉁이에서 문 닫은 상점 하나가 눈에 띄었다. 전등이 밝혀진 쇼윈도에 상품들이 멋들어지게 진열되어 있었다. 소피는 돌멩이를 주워 들고 유리창을 향해 힘껏 내던졌다. 이내 사람들이 길모퉁이를 돌아 달려왔다. 선두에 경찰관이 보였다. 소피는 양손을 호주머니에 찔러 넣고 우두커니 서서, 경찰의 제복에 달린 황동 단추를 보며 싱긋이 웃었다.

"이런 짓을 한 녀석이 어디 있지?" 경찰관이 흥분한 목소리로 물었다.

"혹시 제가 그런 짓을 할 만한 놈이라고 생각되지는 않나요?" 소피는 살짝 빈정대는 투로, 그러나 마침내 행운을 잡은 사람답게 다정한 목소리로 말했다.

하지만 경찰은 소피의 말을 단서로 볼 생각조차 하지 않았다. 유리창을 깨뜨린 사람이 그 자리에 남아 경찰과 말다툼을 벌일 리가 없기 때문이다. 그런 자들은 줄행랑을 치게 마련이다. 경찰은 길 아래쪽에서 전차를 타려고 달리는 사내를 발견하고는 곤봉을 뽑아 들고 추격에 나섰다. 두 번 연속 실패한 소피는 허탈한 마음으로 터덜터덜 걸음을 옮겼다.

도로 건너편에 식당이 하나 있었다. 체면 따위는

신경 쓰지 않는 싸구려 식당으로, 식욕은 왕성하지만
주머니 사정은 가벼운 사람들에게 적합한 곳이었다.
식당의 접시는 두툼하고 실내공기는 탁했다. 수프는
묽고 식탁보는 형편없이 얇았다. 소피는 무전유죄를
고발하는 구두와 가난을 자백하는 바지 차림을
하고서도 아무 제지도 받지 않고 안으로 들어갈 수
있었다. 자리를 잡고 앉은 소피는 비프스테이크와
팬케이크, 도넛과 파이까지 양껏 먹어 치웠다. 그러고
나서 웨이터에게 동전 한 푼 없다고 털어놓았다.

"자, 이제 얼른 가서 경찰을 불러오라고. 신사를
오래 기다리게 하면 못써." 소피가 말했다.

"너 같은 놈들에겐 경찰도 필요 없어." 웨이터가
버터케이크처럼 유들유들한 목소리로 대꾸했다.
그의 두 눈은 맨해튼 칵테일에 든 인공 체리처럼
번들거렸다.

"어이, 콘!"

그러자 두 명의 웨이터가 소피를 붙잡아, 딱딱한
인도 위에 왼쪽 귀가 납작해지도록 내동댕이쳤다.
소피는 마치 목수가 접이식 자를 펴듯이 관절
마디마디를 펴면서 겨우 일어나 옷에 묻은 흙을
털었다. 체포란 이제 장밋빛 꿈에 불과해 보였다.
그의 겨울 피난처는 멀고도 아득했다. 두 집 건너
약국 앞에 서 있던 경찰은 그 광경을 보고 피식
웃더니 지나쳐 가버렸다.

소피는 다섯 블록을 걸은 뒤에야 다시금 체포 유도 작전을 시도할 용기가 생겼다. 이번만큼은 틀림없을 것 같았다. 식은 죽 먹기와 다를 바 없는 기회가 나타났다. 소박하고 사랑스러운 차림새를 한 젊은 여자가 상점 앞에 서서 진열장에 놓인 면도용 컵과 잉크병 따위를 골똘히 들여다보고 있었다. 그리고 두 걸음쯤 떨어진 곳에는 덩치 큰 경찰관 두 명이 근엄한 표정으로 소화전에 기대어 서 있었다.

소피의 계획은 단순했다. 거리의 추잡하고 비열한 난봉꾼 흉내를 내는 것이었다. 세련되고 우아한 여성을 목표물로 점 찍어 놓았겠다, 때마침 근거리에 충직해 뵈는 경찰관도 대기 중이겠다, 소피는 확신을 느꼈다. 이제 조금만 있으면 경찰이 자신의 팔을 꽉 움켜쥐고는 그토록 그리워하던 곳으로, 해가 지지 않는 섬으로 보내주리라는 것을.

소피는 선교사 부인이 준 탈부착 넥타이를 고쳐 매고 외투 속으로 말려 올라간 소매를 끄집어낸 다음, 모자를 비스듬히 기울여 치명적인 각도로 눌러 썼다. 그러고는 여자 옆으로 살금살금 다가갔다. 그는 "에헴" 하고 괜히 헛기침하기도 하고 추파를 던지거나 히죽거리며 웃기도 하는 등 난봉꾼의 뻔뻔스러운 수작을 모두 연출해 보였다. 곁눈질로 흘긋 보아도 경찰이 이쪽을 지켜보고 있다는 것을 알 수 있었다. 소피는 속으로 이제 다 되어간다고 생각했다. 그런데 여자가 몇 걸음 옮겨가더니 다시 진열장으로 관심을 돌렸다. 소피는 대범하게 여자의 곁으로 더 다가가, 모자를 들어 올리며 말했다. "어이, 예쁜 아가씨. 내 방 가서 놀아 볼까?"

경찰이 여전히 주시하고 있었다. 희롱을 당한 여자가 손가락으로 작은 신호만 보내도 소피는 안식의 섬으로 직행하게 될 터였다. 벌써 경찰서의 포근하고 아늑한 기운이 느껴지는 듯했다. 그런데 여자가 몸을 돌리더니, 오히려 소피의 소매를 붙잡는 게 아닌가.

"좋고말고요, 아저씨!" 여자가 명랑하게 외쳤다. "맥주 한 잔만 사 주면 같이 가죠. 아까부터 저도 말을 걸고 싶었는데, 저쪽에서 짭새가 쳐다보고 있잖아요."

여자가 담쟁이덩굴처럼 팔짱을 꼈다. 소피는 무력한 떡갈나무처럼 뻣뻣한 자세로 절망에 잠긴 채 경찰 앞을 스쳐 지나갔다. 영원히 체포당하지 못하고 자유롭게 지내야 하는 저주라도 걸린 것 같았다.

다음 길모퉁이에서 소피는 여자를 뿌리치고 달아났다. 한참 걷다가 어느 대로에서 멈춰 섰다. 밤이면 가장 밝은 거리가 되어 가벼운 사랑의 언약과 오페라 대사 같은 달콤한 말들이 오가는 극장가였다. 모피 코트를 두른 여자들과 훌륭한 외투 차림의 남자들이 차가운 겨울 공기를 느끼며 유쾌하게 걸어가고 있었다.

소피는 문득 두려워졌다. 무슨 끔찍한 마법에라도 걸려서 자신에게 체포 면역 세포 같은 게 생겨버린 건 아닐까? 휘황찬란한 극장 앞에 유유히 서 있던 경찰을 발견한 소피는 지푸라기라도 잡는 심정으로 공공질서 문란 행위를 시도해 보기로 했다.

인도 위에서 소피는 주정뱅이처럼 고래고래 소리를 지르기 시작했다. 춤도 추고 악도 쓰며 하늘이 떠나가라 소란을 피웠다. 경찰관은 곤봉을 빙빙 돌리면서 소피에게 등을 돌리고는 한 행인에게 말했다.

"예일대 녀석들 중 하납니다. 오늘 경기에서 하트퍼드 대학에 완승을 거둔 게 신나서 다들 저 야단이지 뭡니까. 시끄럽지만 해 끼칠 건 없으니 오늘은 내버려두라는 지시입니다."

낙담한 소피는 헛된 소란을 멈추었다. 정녕 그 어떤 경찰도 자신을 체포해 가지 않을 셈인가? 섬은 이제 손 닿을 수 없는 낙원처럼 까마득히 멀어졌다. 살을 에는 바람이 불어 소피는 얇은 외투의 앞섶을 여몄다.

그때, 잘 차려입은 신사 하나가 담배 가게 안에서 시가에 불을 붙이고 있는 게 보였다. 문가에 그가 놓아둔 비단 우산이 보였다. 소피는 태연히 가게 안으로 들어가서 그 우산을 집어 들고는 느릿느릿 걸어 나왔다. 신사가 불을 붙이다 말고 황급히 쫓아 나왔다.

"제 우산입니다만." 신사가 준엄한 목소리로 말했다.

"아, 그러쇼?" 소피가 비아냥거렸다. 절도죄에 모욕죄를 보태기 위해서였다. "뭐, 그럼 경찰을 부르지 그러쇼? 당신 우산, 내가 훔쳤다고! 경찰을 왜 안 불러? 자, 저기 길모퉁이에 한 놈 서 있는 거 보이지?"

우산 주인이 걸음을 늦추었다. 소피도 걸음을 멈추었다. 불길한 예감이 스멀스멀 올라왔다. 이번에도 어쩐지 행운이 그의 편이 아닐 것만 같았다. 경찰관은 저쪽에서 수상쩍다는 눈초리로 두 사람을 바라보고 있었다.

"아, 그게 말이지요." 우산 주인이 말했다. "이런 착오는 사실 얼마든지 생길 수 있는데, 그러니까 당신 우산이라니 말씀입니다만, 이거 참 죄송하게 됐습니다. 아침에 레스토랑에서 제 것인 줄 알고 집었는데, 당신 우산이라면 미안합니다. 용서해 주시죠."

"그야 물론 내 우산이죠." 소피는 이를 악물고 한숨을 내뱉었다.

조금 전까지 우산 주인이었던 신사는 슬그머니 물러갔다. 경찰은 두 블록 떨어진 곳에서 전차가 천천히 다가오는 거리로 부지런히 달려가, 야회용 외투를 두른 키 큰 금발 여인이 길을 건너는 것을 도와주었다.

소피는 도심 개발로 파헤쳐진 도로를 따라 동쪽으로 걸었다. 화가 치밀어 우산을 공사장 구덩이 속에 집어 던졌다. 헬멧을 쓰고 곤봉을 쥔 인간들을 생각하며 투덜거렸다. 그토록 붙잡아가 주기를 빌었건만 경찰들은 마치 소피가 잘못이라곤 저지를 수 없는 왕이라도 되는 것처럼 대하고 있다.

이윽고 불빛도 드물고 소음도 희미한 동쪽 거리로 접어들었다. 소피는 매디슨 스퀘어 방향으로 고개를 돌렸다. 상심한 사람의 마음에는 집을 향한 귀소본능이 꿈틀거리는 법이다. 비록 그 집이 공원 벤치에 불과할지라도.

그런데 소피의 발걸음이 유난히 한적한 길모퉁이에서 멈췄다. 그곳에는 낡은 교회가 있었다. 불규칙한 구조에 박공지붕이 얹힌 고풍스러운 건물이었다. 보랏빛 스테인드글라스 창으로 부드러운 빛이 새어 나오고 있었다. 오르간 연주자가 다가올 주일에 찬송가 연주를 완벽하게 해내려고 연습하는 듯 건반 위로 손가락을 움직이고 있었다.

소피의 귀에는 아름다운 가락으로 들렸다. 그는 구불구불한 철책에 몸을 기댄 채, 음악에 사로잡혀 꼼짝하지 못했다. 달빛이 은은하고 고요히 세상을 덮고 있을 뿐 거리를 오가는 차도 행인도 눈에 띄지 않았다. 참새들은 처마 밑에서 졸음에 겨워

나지막이 지저귀고 있었다. 잠깐이나마 이 풍경은 도시가 아니라 시골 교회 같았다. 소피는 교회에서 흘러나오는 오르간 소리에 매료되어 철책에 붙들린 듯 서있었다. 그 찬송가는 소피가 어머니, 장미꽃, 야망, 친구들, 티 없는 생각과 깨끗한 셔츠 깃 같은 것을 아직 갖고 있던 시절에 들어 본 노래였다.

　감수성이 예민해진 소피는 낡은 교회 일대의 공기와 조응하여 갑작스럽고도 놀라운 심경의 변화를 느꼈다. 소피는 자신이 빠져든 구렁텅이를 두려운 마음으로 바라보았다. 타락한 나날, 부끄러운 욕망, 식어버린 희망, 망가진 재능, 비천한 동기로 이루어진 존재의 밑바닥을.

　그의 심장은 전율하듯 깨어났다. 이내 강렬한 충동이 소피의 영혼을 에워쌌다. 소피는 결심했다. 이 절망적인 운명과 싸워, 진창에서 나를 스스로 끌어내리라. 다시 인간답게 살리라. 나를 잠식해 온 악한 마음을 물리치리라. 늦지 않았다. 나는 아직 젊다. 지난날의 꿈과 열정을 되살려, 주저 없이 그것을 좇을 수 있다. 장중하면서도 매혹적인 오르간 음색이 그의 내면에서 큰 변화를 일으켰다. 내일 날이 밝으면 번화가로 가서 일자리를 찾아보자. 한때 마부 자리를 제안했던 모피상을 찾아가 다시 일을 부탁해 보자. 이 세상에서 다시금, 남부끄럽지 않은 삶을 살아보자.

문득 소피는 누군가 자신의 팔을 잡는 것을 느꼈다. 고개를 돌리자 경찰관의 넓적한 얼굴이 코앞에 있었다.

"교회에서 뭘 하는 거지?" 경찰관이 물었다.

"아무것도요." 소피가 대답했다.

"그럼 같이 가세." 경찰관이 말했다.

이튿날 아침 치안 판사가 선고를 내렸다.

"섬에서 석 달."

신호수

The Signalman, 1866
찰스 디킨스

"이봐요! 거기 아래!"

내 외침을 들었을 때, 그는 초소 문 앞에 서있었다. 손에는 짧은 깃대에 둘둘 만 깃발이 들려있었다. 지형을 생각하면 목소리가 어디서 들려왔는지 모를 수 없었다. 그런데도 그는 고개를 들어 절벽 위 내 쪽을 올려다보는 대신 몸을 돌려 철로 아래를 내려다보았다. 그 행동에는 어딘가 이상한 구석이 있었다. 정확히 뭐가 잘못된 건지는 설명하기 어렵지만, 분명 눈길을 끌 만큼 기묘했다.

절벽 아래로 깊게 파인 철로는 그늘이 져 어두웠고, 내가 서있는 곳에서 거리가 꽤 멀었다. 불그스레한 석양빛이 눈부셔 손으로 이마를 가리고 나서야 겨우 사람이 있다는 걸 알아볼 수 있었다.

"이봐요! 거기 아래!"

그가 철로를 향하던 시선을 거두고 위쪽을
올려다보았다.

"잠깐 얘기 좀 하시지요. 그쪽으로 내려가는
통로가 있습니까?"

그는 아무 대꾸 없이 나를 올려다보았다.
나 역시 그를 재촉하지 않고 한동안 잠자코
내려다보기만 했다.

그때 땅과 대기가 동시에 미세하게 떨리더니,
진동이 곧 거칠고 난폭하게 변했다. 무언가 아래로
나를 끌어당기려는 듯한 기세에 나는 황급히 뒤로
물러섰다. 전속력으로 내달리는 기차에서 뿜어져
나온 증기가 내가 서있는 절벽까지 치솟아 올랐다가,
풍경 위로 미끄러지듯 흩어졌다. 아래쪽을 다시
내려다보니 그는 기차가 지나가는 동안 흔들던
깃발을 말고 있었다.

나는 다시 한번 물었다. 잠시 나에게 시선을
고정한 채 꼼짝하지 않던 그가 손에 쥔 깃대를 들어
내가 서 있는 높이쯤 되는 한 지점을 가리켰다.
그곳은 나로부터 이백 미터 남짓 떨어져 있었다.

나는 그를 내려다보며 소리쳤다. "알겠어요!"
그리고 그쪽으로 발길을 옮겼다. 주위를 찬찬히
둘러보니 지그재그로 거칠게 깎아 만든 내리막길
하나가 눈에 들어왔다. 나는 그 길을 따라 내려가기
시작했다. 길은 매우 깊이 패어있었고 경사 또한

유별나게 가팔랐다. 눅눅한 암석층을 파내어 만든 탓인지, 내려갈수록 땅은 더 질척거리고 공기도 습해졌다.

힘겨운 걸음이 생각보다 오래 계속되자, 그 남자가 왜 내키지 않는 표정으로 그 길을 가리켰는지 알 것 같았다. 내리막을 거의 다 내려왔을 즈음 그가 다시 시야에 들어왔다. 방금 기차가 지나간 철로 위에 서있는 그 남자는, 마치 내가 나타나기만을 기다리고 있는 듯했다. 왼손을 턱에 대고 오른손으로 왼쪽 팔꿈치를 받친 모습이었다. 나는 잠시 걸음을 멈추고 그 기이한 자세를 바라보았다. 무언가를 기다리는 것 같기도 하고 경계하는 것 같기도 했다.

다시 걸음을 재촉했다. 선로에 다다르자 그를 가까이에서 살펴볼 수 있었다. 거무죽죽한 낯빛에 시커먼 수염이 자라있고 눈두덩이 위로 짙은 눈썹이 드리운 남자였다.

나는 그토록 침울하고 외딴 일터를 본 적이 없었다. 초소의 양쪽으로 솟은 울퉁불퉁한 암벽에서는 물방울이 뚝뚝 떨어지고 있었고, 절벽이 시야를 거의 가려 하늘이라곤 겨우 손바닥만 한 틈밖에 보이지 않았다. 지하 감옥 같은 이곳의 한쪽으로는 구불구불한 철로가 길게 이어졌고, 반대쪽으로는 음산하게 깜빡이는 붉은 불빛 뒤로 한층 더 음산한 터널이 시커먼 입을 벌리고 있었다.

그 거대한 구조물에서는 잔혹하도록 삼엄한 공기가 뿜어져 나왔고, 햇빛 한 줄 스며들지 않는 땅에서는 지독하게 퀴퀴한 흙냄새가 올라왔다. 살을 에는 바람이 몰아치자 마치 현실 세계가 아닌 듯한 한기가 몸을 파고들었다.

거의 손이 닿을 정도로 가까이 다가서자, 그때까지 나를 똑바로 응시하고 있던 그가 한 발짝 물러서더니 손을 들어 보였다. 나는 위쪽에서 내려다보다 관심이 생겼다고, 근무하시는 곳이 무척 적막해 보여서 말을 걸어보았다고 했다.

찾아오는 사람이 거의 없었을 거라는 짐작이 들었다. 어쨌든 불청객이 되고 싶지는 싫었다. 그의 눈에는 내가 그저 평생을 우물 안 개구리처럼 살다가 이제야 풀려나 이 위대한 직업에 눈을 뜬 사람쯤으로 보였을지도 모른다. 그런 생각을 그에게 말했지만 제대로 전해졌는지는 알 수 없었다. 나는 원래 말문을 트는 데 서툴렀고, 그 남자에게는 묘하게 사람을 주눅 들게 하는 기운이 있었기 때문이다.

그는 이상한 눈초리로 터널 입구의 붉은 신호등을 주시하더니, 마치 무언가 사라진 것이라도 찾듯이 주위를 두리번거렸다. 그리고 나에게 시선을 돌렸다.

"저 신호등이 당신 관할인가 보지요?"

그는 낮고 건조한 목소리로 대답했다.

"보면 모르겠습니까?"

나는 그의 음침한 얼굴과 고정된 시선을 찬찬히 살펴보다가 문득 터무니없는 생각에 사로잡혔다. 이 남자는 어쩌면 사람이 아니라 유령인 것이 아닐까. 그리고 혹시 그가 내 생각을 눈치챈 건 아닐까 걱정이 되었다. 이번에는 내가 한 발짝 뒤로 물러섰다. 순간, 그의 눈빛에 두려운 기색이 스쳤다. 그러자 조금 전의 터무니없는 생각은 단숨에 사라졌다. 나는 억지로 미소를 지으며 말했다.

"꼭 겁이라도 먹은 사람 같네요."

"그게 아니라 전에 만난 적이 있는 분 같아서요."

"어디서요?"

그는 터널 입구의 붉은 신호등을 가리켰다.

"저기서요?" 내가 물었다.

그는 나를 골똘히 바라보더니 소리 내지 않고 입술로만 대답했다.

"네."

"이봐요. 저기서 제가 뭘 했다는 겁니까? 뭐가 됐든 간에 저는 저기 가본 적도 없다고요. 절 본 게 확실해요?"

"본 것 같아요. 아니, 봤다고 분명히 말할 수 있습니다."

그의 태도는 분명했지만, 말 하나하나를 신중히 고르는 느낌이었다. 나는 혹시 과로 때문이

아닐까 싶어, 일이 많으냐고 물었다. 그는 업무량이
많다기보다는 책임이 무거운 일이라고 했다.
정확성과 주의력이 필요해서 그렇지, 실제로 몸을
써서 하는 노동은 거의 없다고도 했다. 신호를
바꾸고, 신호등을 손질하고, 이따금 철로 된
손잡이를 돌려주는 게 전부였다.

    상당히 외롭고 지루한 시간이었겠다고
말하자, 이런 생활도 쳇바퀴 돌듯 반복되다 보면
익숙해진다고 했다. 이 지하에서 그는 혼자 외국어를
독학하기도 했단다. 책으로만 보고 따라 해서
엉터리로 발음하게 된 것도 학습이라고 부를 수
있다면 말이다. 분수와 소수를 공부하고, 대수에도
조금 손을 대보았다. 하지만 어릴 때나 지금이나
숫자에는 영 소질이 없다고 했다.

    근무할 때 늘 이 눅눅한 통로에 있어야만 하는지,
암벽 위쪽의 햇빛이 드는 곳으로 올라가기도 하는지
물어보니, 그건 때와 상황에 달려있다고 답했다. 열차
운행이 드물 때가 있고 낮과 밤에 따라서도 통행량이
다른 모양이었다. 날씨가 좋을 때면 틈을 봐서 그늘진
구역을 조금이나마 벗어나 위로 올라가 보기도 한다.
하지만 전신기 종소리가 언제 들릴지 몰라 항상 귀를
곤두세워야 하므로, 긴장이 두 배로 늘어나 잠깐의
휴식조차 제대로 누리기 어렵다고 했다.

    그는 나를 자신의 초소 안으로 데려갔다.

작은 난로와 책상, 업무 기록을 적는 장부, 바늘과 눈금판이 달린 전신기가 있었고, 그가 말한 작은 종도 보였다.

나는 그에게 교양 있는 사람 같다고 말해주었다. 무례하게 들릴지 모르겠지만, 이럴 일을 하기에는 너무 교육을 잘 받으신 게 아닌가 싶다고 말이다. 그러자 그는 이 정도의 부조화라면 사람이 많은 집단이면 어디에나 있게 마련이라고 말했다. 빈민 구호 시설도, 경찰 조직도, 심지어 궁지에 몰린 자들이 마지막 수단으로 들어가는 군대 역시 마찬가지라는 것이다. 그리고 자신이 아는 한, 규모가 큰 철도국도 예외는 아니라고 덧붙였다.

이런 초라한 막사 같은 곳에 앉아서 듣는 이야기를 다 믿을 수 있을지는 모르겠지만, 젊은 시절 그는 철학도로서 강의를 들으러 다닌 적도 있다고 했다. 본인조차 믿기 어렵다는 표정으로 그 이야기를 했다. 어쨌거나 제멋대로 굴며 좋은 시절을 탕진해 버렸고, 점차 몰락하다가 다시는 일어설 수 없게 되었다고 했다. 그러나 그는 아무 불평도 하지 않았다. 모두 스스로 뿌린 씨앗이었기 때문이다. 밭을 다시 갈기엔 너무 늦었다는 것이 그의 생각이었다.

내가 지금 요약한 이 모든 이야기를 그는 담담한 태도로, 어둡고 진중한 시선을 나와

난로에 번갈아 번지면서 말했다. 그는 가끔 나를
"선생님"이라고 불렀는데, 특히 자신의 젊은 시절을
말할 때 그랬다. 마치 자신은 지금 눈앞에 보이는
그대로의 사람일 뿐, 대단한 이가 아니라는 점을
분명히 하려는 듯했다.

대화 도중 몇 번 전신기 종이 울렸을 때 그는
잠시 말을 멈추고 메시지를 읽은 뒤 답신을 보냈다.
한번은 기차가 지나가는 동안 초소 밖에 나가 깃발을
펼치고 기관사와 직접 말을 주고받아야 했다.

그가 일하는 모습을 지켜보니 놀라울 만큼
정확하고 치밀하게 일한다는 사실을 알 수 있었다.
말하던 중이라도 칼같이 멈추고, 일이 끝날
때까지는 입을 다문 채 집중했다. 한마디로, 이 일을
맡기기에 그 사람보다 믿음직한 이는 없으리라는
확신이 들었다.

그런데 이상한 점이 있었다. 대화 중 두 차례나
그의 낯빛이 새하얗게 질리더니 울리지도 않은
전신기 쪽으로 고개를 돌리는 것이었다. 그는 습기를
막기 위해 평소에는 닫아 두는 초소의 문을 열고,
터널 입구의 붉은 신호등을 내다보았다. 그러고는
불가해한 표정을 띤 채 다시 난로 곁으로 돌아왔다.
그것은 내가 멀리서 그를 처음 발견했을 때 보았던,
무어라 형언할 수 없는 그 표정이었다.

나는 자리에서 일어나며 말했다.

"현실에 만족할 줄 아는 사람을 만났다는 생각이 드는군요."

사실은 대화를 조금 더 이어가 보려는 의도에서 한 말이었는지도 모르겠다.

그는 처음 내게 대답했을 때처럼 낮은 목소리로 말했다.

"한때는 그랬던 것 같습니다만… 요즘은 불안합니다, 선생님. 참으로 불안합니다."

그는 그 말을 도로 삼킬 수만 있다면 삼켰을 것이다. 그러나 이미 뱉은 말이었고, 나는 재빨리 물었다.

"왜요? 무슨 일이 있는 건가요?"

"말로 설명하기는 참 어렵습니다, 선생님. 정말이지 어떻게 말씀드려야 할지 모르겠군요. 다음에 다시 찾아와주신다면, 그때 말씀드리도록 하겠습니다."

"다시 오고말고요. 언제가 좋겠습니까?"

"저는 내일 아침 일찍 일을 마치고 나갑니다. 다시 돌아오는 건 밤 열 시입니다, 선생님."

"그럼 열한 시에 오지요."

그가 고맙다는 인사를 건네고 나를 문밖까지 배웅해 주었다.

"올라가는 길을 찾으실 때까지 손전등을 비춰드리겠습니다, 선생님." 그는 특유의 낮은 목소리로 말했다. "길을 찾은 다음에는 절대 저를 부르지 마세요. 저 꼭대기까지 올라가서도 절대 절 부르시면 안 됩니다."

그의 말투에는 섬뜩한 기운이 있었다. 지하의 공기가 한층 더 싸늘하게 느껴졌지만, 나는 "좋습니다."라고만 답했다.

"그리고 내일 밤에 내려오실 때도 저를 부르지는 마세요. 마지막으로 한 가지만 여쭙겠습니다. 아까 왜 '이봐요! 거기 아래!'라고 외치셨습니까?"

"글쎄요. 그 비슷한 말을 한 것 같기는 한데…."

"비슷한 말이 아닙니다, 선생님. 정확히 그렇게 외치셨습니다. 제가 분명히 알고 있습니다."

"당신이 여기 있는 걸 봤기 때문이죠."

"그게 다인가요?"

"다른 무슨 이유가 있겠습니까?"

"무슨 초자연적인 힘에 이끌려 외치게 된 거라는 느낌은 안 들고요?"

"전혀요."

그는 작별 인사를 하고 손전등을 켜 흰 불빛을 비춰주었다.

나는 철로 옆길을 따라 걸었다. 등 뒤에서 기차가 달려오는 듯한 불쾌한 기분이 들었다. 마침내 통로를 찾아냈다. 내려올 때보다는 훨씬 수월하게 올라갈 수 있었고, 별다른 일 없이 여관으로 돌아갔다.

다음 날 밤 멀리서 시계탑의 종이 열한 번 울리는 순간, 나는 지그재그로 깎인 오솔길에 첫발을 디뎠다. 그는 아래에서 손전등을 비추며 나를 기다리고 있었다.

"말씀하신 대로 부르지 않았습니다. 이제 말해도 되는 겁니까?"

"얼마든지요, 선생님."

"안녕하세요. 또 뵙네요."

"안녕하십니까, 선생님. 반갑습니다."

인사를 나누며 나란히 그의 초소 안으로 들어가 문을 닫고 난로 곁에 앉았다.

"결심했습니다, 선생님."

자리에 앉자마자 그가 앞으로 몸을 숙이며 말을 시작했다. 목소리는 속삭이는 것보다는 약간 컸지만 여전히 낮고 조심스러웠다.

"이제 두 번은 묻지 않으셔도 됩니다. 저를 괴롭히는 게 무엇인지 말씀드리겠습니다. 어젯밤 저는 선생님을 다른 누군가로 착각했어요. 그게 제 마음을 괴롭히고 있습니다."

"착각해서요?"

"아뇨, 그 누군가 때문에요."

"그게 누구죠?"

"저도 모르겠습니다."

"저를 닮았어요?"

"모르겠습니다. 얼굴은 보지 못했거든요. 왼팔로 얼굴을 가리고, 오른팔은 흔들고 있었어요. 아주 격렬하게요. 이렇게 말입니다."

나는 그가 하는 동작을 지켜보았다. 그것은 마치 절박하게 "피해요, 제발!"이라고 외치며 필사적으로 신호를 보내는 몸짓 같았다.

"달빛이 환한 밤이었지요." 남자가 계속해서 말했다. "제가 여기 앉아 근무하고 있는데, 누가 '이봐요! 거기 아래!'라고 외치는 소리가 들렸습니다. 깜짝 놀라 문밖을 내다보니, 터널 입구에 있는 신호등 옆에 누군가 서서, 방금 보여드린 것처럼 손을 흔들며 거친 목소리로 계속 외쳐대고 있었어요. '조심해요! 조심하라고요!' 그리고 다시 이렇게 외쳤습니다. '이봐요! 거기 아래! 조심해요!' 저는 손전등을 집어들고 붉은 불빛을 켠 다음, 그쪽으로 달려가며 소리쳤습니다. '무슨 일입니까? 사고가 난 겁니까? 어디예요?' 그 사람은 컴컴한 터널 입구에 서있었습니다. 팔로 얼굴을 가리고 서있는 모습이 이상하게 느껴지더군요. 팔을 걷어내 보려고 손을 뻗었는데, 순간 흔적도 없이 사라져 버렸습니다."

"터널 속으로요?" 내가 물었다.

"아닙니다. 터널 안도 살펴봤습니다. 오백 미터나 들어갔지요. 손전등으로 머리 위를 비추니

거리 표시 숫자들이 보였고, 젖은 얼룩이 벽을 따라 내려오다 아치 틈새에서 물방울이 똑똑 떨어지는 것도 보였습니다. 왠지 모르게 끔찍한 혐오감이 치밀었습니다. 저는 들어갈 때보다 빠른 속도로 뛰어나왔습니다. 손전등으로 붉은 신호등 주위를 샅샅이 비추고, 철제 사다리를 타고 신호등 상단의 좁은 난간까지 올라갔다가 내려왔습니다. 그리고 초소로 되돌아와 철로 양방향으로 전신을 보냈지요. [이상 신호가 감지되었다. 무슨 일인가?] 답신은 양쪽 다 같았습니다. [이상 없음]"

차디찬 손가락이 등줄기를 따라 천천히 기어오르는 느낌이 들었지만, 애써 떨쳐내며 나는 그가 본 것이 틀림없는 착시현상이라고 말했다. 시각 기능을 담당하는 섬세한 신경에 손상이 오면 실제로 존재하지 않는 형상이 눈앞에 보이기도 한다고 말이다. 그리고 그런 증상에 시달리던 이들 중에는 자신에게 질환이 있음을 깨닫고 스스로 실험을 통해 환상임을 증명해 낸 사람들도 있었다는 이야기를 덧붙였다.

"당신이 들었다는 외침은 말이지요." 나는 또 설명하려 애썼다. "목소리를 낮춘 상태에서 잠시 귀를 기울여 보세요. 이 지하 계곡에 부는 바람 소리가 들리십니까? 전신줄에서는 광란의 하프 소리도 나지 않습니까?"

우리는 잠깐 바깥의 소리에 귀를 기울이며 앉아 있었다. 그가 대답했다.

"그럴 수도 있지요."

그로 말하자면 바람과 전신줄의 소리를 누구보다 잘 아는 사람이었다. 이곳을 지키며 기나긴 겨울밤을 홀로 보내온 사람 아니던가. 그러나 그는 자신의 이야기가 아직 끝나지 않았다고 했다. 나의 팔을 잡고 그는 천천히 말을 이었다.

"그 형체가 나타난 지 여섯 시간이 지나지 않아서 이 철로에 끔찍한 사고가 났습니다. 그리고 열 시간이 채 지나기 전에 시체와 부상자들이 터널을 지나 그가 서 있던 지점으로 실려 나왔습니다."

오싹한 소름이 내 몸을 감쌌다. 하지만 나는 최선을 다해 침착함을 유지했다. 누구라도 그런 일을 겪는다면 마음이 깊이 사로잡힐 만하다. 그러나 그것이 놀라운 우연이라는 사실을 부인할 수는 없다. 나는 우연이란 언제나 일어나는 법이고, 이런 문제를 이야기할 때는 그 점을 고려해야 한다고 말했다. 그가 반론을 제기하려는 기색을 보여서 나는 재빨리 말을 이었다.

"물론, 이건 인정해야겠군요. 상식적인 사람들은 일상에서 판단을 내릴 때 우연의 가능성을 대단히 크게 두진 않지요."

그는 다시금 자신의 이야기가 아직 끝나지

않았다고 말했다. 나는 말을 끊은 점을 사과하고 입을 다물었다.

"그 일은 꼭 일 년 전이었습니다. 예닐곱 달쯤 지나니 저는 공포에서 좀 벗어날 수 있었습니다. 그런데 어느 날 동이 틀 무렵, 이 문에 서서 붉은 신호등 쪽을 쳐다보다가 다시 그 유령을 발견했습니다."

그는 말을 멈추고 나를 뚫어져라 응시했다.

"유령이 당신을 불렀습니까?"

"아니요. 아무 말도 하지 않더군요."

"그럼 팔을 흔들었나요?"

"아닙니다. 대신 신호등 기둥에 기대서 두 손으로 얼굴을 가리고 있었어요. 이렇게요."

다시 한번 그의 동작을 지켜보았다. 그것은 마치 애도하는 몸짓 같았다. 나는 묘지의 석상들에서 그런 자세를 본 적이 있었다.

"그쪽으로 다가갔습니까?"

"아니요. 초소로 들어와서 자리에 앉았습니다. 생각을 좀 해야 할 것 같았고, 현기증이 나서 쓰러질 것 같았거든요. 다시 문밖으로 나가보았을 땐 이미 날이 훤했고, 유령은 사라지고 없었습니다."

"그 뒤로는요? 또 무슨 사고가 났습니까?"

그는 내 팔을 검지로 톡톡 치며 창백한 얼굴로 고개를 두어 번 끄덕였다.

"바로 그날, 기차 한 대가 터널을 빠져나올 때 저는 제가 서있던 쪽의 객실 유리창 너머로 손과 머리들이 마구 뒤엉켜있는 걸 봤어요. 그 사이에서 누군가 팔을 흔들고 있었죠. 그걸 본 순간, 저는 기관사에게 정지 신호를 보냈습니다. 기관사가 급제동을 걸었지만 기차는 그대로 미끄러져 이 지점을 백오십 미터, 아니 그 이상 지나쳐버렸어요. 저는 기차를 쫓아 계속 달렸습니다. 처참한 비명과 고함이 들렸어요. 아름다운 여성 한 분이 객실에서 즉사한 것입니다. 시신은 바로 여기, 선생님과 저 사이의 바닥에 눕혀졌습니다."

나는 본능적으로 의자를 뒤로 밀며, 그가 가리킨 바닥에서 그의 얼굴로 시선을 옮겼다.

"이것은 모두 사실입니다, 선생님. 거짓이 아닙니다. 일어난 일 그대로를 말씀드리는 겁니다."

나는 입이 바짝 말라 아무 말도 할 수 없었다. 바람과 전신줄이 그의 이야기에 응답하듯 길게 울부짖었다. 그가 말을 이었다.

"잘 들어보십시오, 선생님. 제 마음이 얼마나 괴로운지 아시겠습니까. 유령이 일주일 전 다시 나타났습니다. 그 후로 지금까지 간헐적으로, 불규칙하게 그곳에 나타나고 있어요."

"신호등 근처에요?"

"네, 저 위험 표시등 앞에요."

"유령이 뭘 하고 있는 것 같던가요?"

그는 앞서 보여준 "피해요, 제발!" 하는 그 몸짓을 다시 재연해 보였다. 한층 더 격렬하고 절박한 몸짓이었다. 그리고 계속 말했다.

"저는 그것 때문에 한순간도 마음이 편치 않습니다. 유령은 절규하듯 저에게 외쳐요. '거기 아래! 조심해요! 조심하라고!' 그리고 저를 향해 손을 흔듭니다. 제 작은 종을 울리기도 합니다."

나는 거기서 끼어들었다.

"어젯밤 제가 여기 있었을 때도 유령이 종을 울렸습니까?"

"두 번요."

"이것 보십시오. 당신은 상상에 속고 있는 겁니다. 저도 어제 그 종을 지켜보고 있었고, 계속 귀를 기울이고 있었단 말입니다. 살아있는 사람으로서 맹세컨대, 그때 종은 울리지 않았습니다. 아니, 당신과 통신하는 역에서 실제로 신호가 왔을 때를 빼면, 한 번도 종이 울린 적이 없다고요."

그가 고개를 가로저었다.

"사람이 울린 종소리와 유령이 울린 종소리는 다릅니다, 선생님. 저는 결코 그 둘을 혼동하지 않아요. 유령의 종소리는 다른 어떤 원인으로도 설명되지 않는 기이한 진동입니다. 눈에 보이게 흔들리는 것도 아닙니다. 그러니 선생님께서 알아차리지 못했더라도 이상할 건 없습니다. 하지만 저는 분명히 들었습니다."

"그래서 밖을 내다봤을 때 유령이 보였습니까?"

"보였습니다."

"두 번 다요?"

"두 번 다요." 그의 대답은 확고했다.

"그럼 지금 저와 함께 문으로 가서 한번 살펴보시겠습니까?"

그는 내키지 않는 듯 아랫입술을 깨물며 자리에서 일어났다.

나는 초소 문을 열고 문턱 위에 섰다. 그는 문 옆에 서있었다. 위험 표시등이 보였다. 음산한 터널의 입구도 보였다. 축축한 암벽이 깎아지른 절벽처럼 솟아있었고, 그 위로 별들이 깜빡였다.

"지금도 보입니까?"

나는 그의 얼굴을 유심히 살피며 물었다. 그의 툭 불거진 눈에는 사뭇 긴장한 기색이 감돌았다. 사실 내가 신호등에 시선을 고정하고 있을 때도 아마 그 못지않게 긴장한 상태였을 것이다.

"보이지 않습니다. 아무것도 없어요."

"그렇지요."

우리는 다시 들어와 문을 닫고 자리에 앉았다. 나는 이 상황을 어떻게 이용해서 그를 설득할지 잠시 생각해 보았다. 그런데 그는 우리 사이에 논쟁할 사실관계 따위는 없다는 듯 너무도 태연한 태도로 말을 이었다. 오히려 내가 궁지에 몰린 사람처럼 느껴질 정도였다.

"지금쯤 문제를 충분히 이해하셨겠지요, 선생님. 저를 이토록 괴롭히는 건 단 하나의 의문입니다. 바로 그 유령은 무엇을 뜻하는가 하는 것입니다."

나는 충분히 이해하지 못했다고 대답했다.

"그 유령은 무엇을 말해주려는 것일까요?"

그는 난로의 불빛을 들여다보며 깊은 상념에 잠겼다가 이따금 나를 향해 시선을 돌렸다.

"위험이란 무엇일까요? 어디에 위험이 있는 거죠? 철로 위 어딘가에는 위험이 도사리고 있습니다. 끔찍한 재난이 닥칠 겁니다. 유령이 나타난 뒤에는 반드시 사고가 일어났어요. 두 번이나 그랬으니, 세 번째도 예외일 리 없습니다. 이건 너무 잔인합니다. 제가 도대체 뭘 할 수 있단 말입니까?"

그는 손수건을 꺼내어 열이 오른 이마를 닦았다.

"양쪽 역에 위험 경고를 보낸다 한들 이유를 댈 수가 없습니다." 그는 땀에 젖은 손바닥도 닦아내며 하소연을 계속했다. "괜히 문제만 일으키고 저에겐 득 될 게 없겠지요. 미쳤다는 소리나 들을 겁니다. 상황은 뻔해요. [위험하니 조심할 것]이라고 타전하면 뭐가 위험하냐고 묻겠지요. 그럼 저는 모른다고 답할 수밖에 없습니다. 하여간 위험하니

제발 좀 조심하라고 경고했다간 저를 해고하고 말 겁니다. 달리 뭘 할 수 있겠습니까?"

신경쇠약에 걸릴 것 같은 그의 모습은 차마 보기 힘들 정도였다. 그것은 생명과 직결된 일을 맡은 한 양심적인 사람이 도저히 감당할 수 없는 책임감에 짓눌려 겪는 정신적 고문이었다.

"위험 표시등 앞에 처음으로 유령이 나타났을 때 말입니다. 그 사고가 꼭 일어나야 했다면, 왜 그 장소를 알려주지 않았을까요? 피할 수 있었다면 그 방법이라도 가르쳐 줬어야 하는 거 아닙니까?"

그는 이마에 흘러내린 머리카락을 쓸어 넘기고, 열에 들뜬 관자놀이를 이리저리 문질렀다.

"두 번째로 나타났을 때, 그렇게 얼굴을 가리고 있는 대신에 차라리 그 여성이 죽을 테니 집에서 나오지 못하게 하라고 왜 미리 말해주지 않은 걸까요? 만약 그 두 번의 등장이 단지 경고가 진실이라는 걸 알려주고, 세 번째 차례를 대비시키기 위한 것이었다면, 왜 지금은 모습을 나타내지 않는 거죠? 게다가, 오 주여, 나는 이 외딴 초소의 하찮은 신호수일 뿐인데 말입니다! 왜 믿을 만한 사람에게, 행동할 힘이 있는 사람에게 가지 않는 겁니까!"

그는 완전히 지쳐있었다. 이 불쌍한 남자를 위해서든 공공의 안전을 위해서든 지금 내가 해야 할 일은 일단 그의 마음을 가라앉히는 일이라는 걸

깨달았다. 그래서 현실이냐 환영이냐 하는 논쟁은 일단 접어두기로 했다.

나는 그가 맡은 일을 성실히 해내고 있으니 그것으로 충분하다고, 설령 이 이상한 환영들로 인해 혼란스럽더라도 자신의 의무를 누구보다도 잘 이해하고 있다는 사실에서 위안을 얻어야 한다고 그에게 말했다. 이 말은 그동안 내가 그의 신념을 바로잡으려 시도했던 어떤 말보다 효과가 있었다. 그는 그제야 차분해졌고, 밤이 깊어지면서 해야 할 일들로 다시 주의를 돌렸다. 나는 새벽 두 시에 자리를 떴다. 밤새 함께 있어 주겠다고 했지만 그가 완강히 거절했다.

비탈길을 올라가며 여러 차례 붉은 신호등을 돌아보았다. 그 불빛이 영 마음에 걸렸다. 솔직히 말해서, 그 불빛 아래서 잤다면 나는 아마 잠을 이루지 못했을 것이다. 게다가 두 건의 열차 사고도 석연치 않게 마음에 남았다. 하지만 내 머릿속을 끈질기게 떠나지 않은 것은 따로 있었다. 그가 이런 비밀을 털어놓은 상황에서 내가 어떤 행동을 취해야 하는가 하는 고민이었다.

그가 총명하고 빈틈없으며 근면하고 꼼꼼하게 일하는 사람이라는 것은 내가 보장할 수 있었다. 그러나 그런 불안한 정신 상태로 언제까지 일을 계속할 수 있을지는 알 수 없었다. 비록 하급직이지만 그는 상당히 중요한 책임을 맡고 있었다. 그가 계속 자신의 역할을 제대로 해낼 가능성에 나는 어디까지 걸 수 있을까?

그가 털어놓은 이야기를 회사 상관들에게 바로 알리는 것은 왠지 배신처럼 느껴졌다. 그렇다고 어떤 타협도 제시하지 않은 채 아무 일도 없다는 듯 넘어가는 것도 옳지 않았다. 결국 나는 비밀은 일단 지키되, 그 지방에서 가장 현명하다는 의사에게 그를 데려가 소견을 들어보기로 했다. 신호수는 다음날 교대가 예정돼 있었고, 해가 뜬 뒤 한두 시간쯤 쉬었다가 해가 질 무렵 다시 근무에 복귀할 거라고 했다. 나는 그 일정에 맞춰 오기로 약속했다.

다음 날 저녁은 무척 아름다웠다. 나는 일찌감치 밖으로 나가 맑은 날씨를 즐기며 거닐었다. 해가 질 무렵, 깊게 팬 비탈로 내려가는 통로에 닿았지만 아직 시간이 이른 듯했다. 한 시간쯤 더 산책하다 보면 신호수의 초소로 내려갈 시간이 되겠다 싶었다. 산책을 이어가기 전에, 나는 처음 그를 내려다보았을 때처럼 무심코 절벽 끝으로 다가가 철로 아래를 내려다보았다.

그 순간 나를 엄습한 공포는 말로 설명할 수가 없다. 터널 입구 가까이에 한 남자가 서서, 왼팔로 눈을 가리고 오른팔을 격렬하게 흔들고 있었다. 그러나 그 이름 없는 공포는 오래가지 않았다.

내가 본 남자의 형체가 유령이 아니라 사람임을 알아차렸기 때문이다.

그는 얼마간 떨어진 곳에 서있는 몇몇 다른 남자들에게 방금 자신이 취했던 동작을 시범해 보이고 있었다. 위험 표시등에는 아직 불이 들어오지 않았다. 그 기둥 옆에는 내가 처음 보는 아주 작은 움막이 있었다. 나무 막대기와 방수포로 급히 엮은 것으로, 침대 하나 정도 되는 크기였다.

무언가 돌이킬 수 없이 잘못되었다는 느낌이 섬광처럼 스쳤다. 신호수를 그곳에 홀로 남겨두고, 그의 문제를 살펴보거나 바로잡아줄 사람을 찾아보지도 않았다는 자책이 걷잡을 수 없이 밀려왔다. 나는 전력을 다해 비탈길을 뛰어 내려갔다.

"무슨 일이죠?" 내가 사람들에게 물었다.

"오늘 아침 신호수 하나가 죽었습니다, 선생님."

"설마 여기 초소에서 일하는 신호수는 아니죠?"

"그 사람이 맞습니다, 선생님."

"제가 아는 신호수가 맞을까요?"

"아시는 분이라면 아마 알아보실 수 있을 겁니다." 남자가 엄숙하게 모자를 벗고, 방수포 한쪽 끝을 들어 올리며 말했다. "얼굴은 아주 평온합니다."

"이럴 수가! 어쩌다 이런 일이 일어났습니까? 어쩌다 이런 일이!"

방수포가 다시 덮였다.

"오늘 아침 기관차에 치여 즉사했습니다. 영국에서 이 사람보다 이 일을 잘 아는 사람은 없었는데, 어쩐 일인지 바깥쪽 선로에 대해서는 모르는 게 있었나 봅니다. 훤한 대낮에 일어난 일인데요. 신호등을 켜고 손전등을 손에 들고 있었습니다. 기관차가 터널로 진입할 때 등을 돌리고 서있다가 그대로 치였습니다. 톰! 이 신사분께 자세히 보여드리게."

때 묻은 작업복 차림의 사내가 자신이 원래 서있던 터널 입구로 물러서며 말했다.

"기관차를 몰고 터널 안 굽잇길을 돌아 나오던 참이었는데요. 저 끝에서 그를 봤죠. 무슨 망원경으로 보는 것처럼 갑자기 시야에 나타났어요. 속도를 줄일 여유가 없었지만 이 신호수가 워낙 조심성이 많다는 걸 알고 있어서 처음엔 걱정하지 않았어요. 그런데 아무리 경적을 울려도 듣지 못하더라고요. 결국 몸을 덮칠 정도로 가까워졌을 때는 경적을 끄고 있는 힘껏 큰 소리로 그를 불러댔어요."

"뭐라고 불렀습니까?"

"이봐요! 거기 아래! 조심해요! 조심하라고! 비켜요, 제발!"

나는 몸이 굳었다.

"아휴, 정말 끔찍한 시간이었지 뭡니까. 사고가

나기 직전까지도 계속 소리쳐 불렀어요. 나중에는 차마 볼 수가 없어서 이 팔로 얼굴을 가리고, 다른 팔로 마지막까지 흔들어 댔지요. 하지만 아무 소용이 없었답니다."

구유 옆의 소와 당나귀

Le bœuf et l'âne de la crèche, 1931
쥘 쉬페르비엘

요셉이 끄는 당나귀가 마리아를 태우고 베들레헴으로 가고 있었다. 마리아는 가벼웠다. 뱃속에서 자라고 있는 미래 말고는 짊어진 것이 없었기 때문이다. 소는 혼자서 뒤를 따르고 있었다.

마을에 도착한 여행자들은 버려진 외양간으로 들어갔다. 요셉은 곧 일손을 걷어붙였다.

'인간이란 참 놀라운 종족이야.' 소는 생각했다. '손과 팔을 써서 저렇게 많은 일을 해내다니. 우리의 발굽이나 발목으로는 흉내도 낼 수 없지. 특히 우리 주인님은 재주가 정말 뛰어나. 구부러진 것을 곧게 펴고 곧은 것은 살짝 비틀어서, 망설이지도 않고 언제나 담담하게 필요한 물건을 만들어 낸다니까.'

요셉은 마구간 밖으로 나갔다가 짚단을 등에 지고 곧 돌아왔다. 햇볕을 듬뿍 받아 생기가 넘치는

짚은 그 자체로 기적의 시작이라 할 만했다.

당나귀는 궁금했다. '저기서 뭘 하는 걸까? 아기의 침대를 만드는 걸까?'

마리아가 소와 당나귀에게 말했다. "오늘 밤 어쩌면 너희의 도움을 받아야 할지도 몰라."

짐승들은 서로의 얼굴을 쳐다보며 무슨 일일까 궁금해하다가 이내 잠들었다.

얼마 후 하늘 먼 곳에서 건너온 듯한 맑은 음성이 그들을 깨웠다. 소는 천천히 일어나 구유 속을 보았다. 벌거벗은 아기가 잠들어 있었다. 소는 조심스레 콧김을 뿜어 아기의 몸을 구석구석 따뜻하게 덥혀주었다. 마리아는 부드럽게 미소 지으며 소에게 감사의 눈길을 보냈다.

날개 달린 천사들이 마치 벽이 없는 것처럼 가볍게 벽을 통과하며 마구간을 드나들었다.

이웃집에서 빌린 배내옷을 품에 안고 요셉이 돌아왔다.

"놀라워." 요셉은 이 고요한 순간에는 조금 어울리지 않게도 목수 특유의 우렁찬 목소리로 말했다. "한밤중인데 대낮 같이 밝다니. 태양이 세 개나 떠 있어. 이제 곧 하나로 합쳐지려고 하는군."

새벽녘 다시 잠에서 깬 소는 발굽을 살며시 디디며 일어섰다. 혹시 아기를 깨우거나 천상의 꽃잎을 밟지는 않을지, 아니면 천사의 날개를 다치게 하지 않을지 두려웠다. 갑자기 모든 것이 놀라울 만큼 어렵고 조심스러운 일이 되어버렸다.

    이웃 사람들이 예수와 마리아를 만나러 왔다. 가난해서 환하게 빛나는 표정 외에는 선물로 건넬 것이 없는 이들이었다. 뒤이어 온 사람들은 호두 몇 알과 작은 피리 하나를 가져왔다.

    소와 당나귀는 조심스레 한쪽 구석으로 비켜서서 사람들에게 자리를 만들어주었다. 아직 동물을 본 적 없는 아기에게 자신들의 모습이 어떻게 보일지 걱정되었다. 아기가 막 잠에서 깨어났다.

    "우린 괴물이 아니야." 당나귀가 말했다.

    "그렇지만 생각해 봐. 자기나 자기 부모님하고는 전혀 다르게 생겼잖아. 우리를 보면 겁을 먹을지도 몰라."

    "구유나 천장의 대들보도 인간이랑 하나도 안 닮았지만 무서워하는 것 같지는 않던데."

    그래도 소는 마음이 놓이지 않았다. 소는 자신의 뿔을 떠올리며 되새김질했다.

    '좋아하는 이에게 다가갈 때 위협이 될까 봐 걱정해야 한다는 건 참 괴로운 노릇이야. 아무도 다치지 않게 하려면 늘 조심해야 하지. 꼭 필요한 상황이 아니라면 사람이든 물건이든 내가 상처를 입힌다는 건 있을 수 없는 일이야. 나는 해롭지 않고 나쁜 마음을 먹지도 않아. 하지만 어디를 가든 이

뿔이 항상 이렇게 나를 따라다닌단 말이야. 정신이 말똥말똥할 때도 졸음이 몰려와서 몽롱할 때도 이 단단한 뿔 두 개가 나를 떠나지 않아. 심지어 한밤중에 꿈꾸는 동안에도 여기 뿔이 있는 게 느껴진다니까."

소는 아기를 따뜻하게 해주려고 하다가 너무 가까이 다가간 것이 아닌가 싶어 덜컥 겁이 났다. 잠깐의 실수로 뿔이 아기에게 닿기라도 하면 어쩌나!

당나귀가 핀잔을 주었다. "아기에게 너무 가까이 가지 마. 그럴 생각조차 말라고. 아기를 다치게 하고 말 테니까. 게다가 너는 침 흘리는 걸 못 참는데, 아기한테 침이 묻기라도 하면 더럽잖아. 넌 기분이 좋으면 왜 그렇게 침을 흘리는 거야? 잘 좀 삼키란 말이야. 모두에게 다 보여줄 필요는 없어."

소는 침묵했다.

당나귀가 말을 이었다. "나는 아기에게 내 귀를 보여줄 거야. 잘 봐, 이건 펄럭일 수 있고 이리저리 움직이기도 하지. 뼈도 없고 몸에 닿으면 아주 부드러워. 처음엔 좀 무서울 수 있지만 만져보면 바로 마음이 놓일 거야. 그맘때 아이들에게 좋은 장난감이 될 거라고."

"그래, 알겠어. 아니라고 말하지는 않을게. 나도 바보는 아니니까."

하지만 당나귀가 너무 만족스러워하는 것

같아서 소는 한마디 덧붙였다.

"너도 조심할 게 있어. 그 애 얼굴에 대고 지나치게 큰 소리로 울지는 마. 너무 놀라서 죽어버리면 어쩔 거야."

"촌스럽기는!" 당나귀가 말했다.

❊

당나귀는 구유의 왼쪽에, 소는 오른쪽에 서 있었다. 예수가 탄생할 때와 같은 위치였다. 소는 형식과 의례를 좋아하는 편이어서 이런 배치에 유난히 집착했다. 소와 당나귀는 마치 보이지 않는 화가 앞에서 포즈를 취하기라도 하듯이 미동도 하지 않고 오랜 시간 다소곳이 그 자리를 지켰다.

아기는 다시 눈꺼풀이 감겼다. 졸려서 견딜 수가 없는 모양이었다. 잠의 문턱 몇 걸음 너머에는 빛나는 천사가 기다리고 있었다. 아기에게 무언가를 가르쳐주려고, 아니 어쩌면 아기에게 무언가를 배우려고 기다리는 것인지도 모른다.

천사는 예수의 꿈에서 걸어 나와 마구간에도 모습을 드러냈다. 갓 태어난 아기를 향해 몸을 숙이고 아기의 머리 둘레에 투명한 후광을 그려주었다. 두 번째 후광은 마리아의 머리에, 세 번째 후광은 요셉의 머리에 그려졌다. 천사는 눈부신 깃털이 달린 날개를 휘날리며 다시 사라져 갔다. 그 날개는 빛나는 흰색이었는데 마치 바다의 파도에서 끊임없이 새로 태어나는 물거품처럼 시시각각 빛깔이 변했다.

"우리 몫의 후광은 없나 보네." 소가 말했다. "천사에게도 그럴 만한 이유가 있겠지. 나나 당나귀나 너무 보잘것없는 존재니까. 게다가 우리가 무슨 공을 세웠다고 저런 후광을 받겠어?"

"너야 아무것도 한 게 없겠지. 하지만 나는 마리아님을 등에 태워 왔는데 그걸 잊은 모양이군."

소는 마음속으로 저렇게 아름답고 날씬한 마리아님이 어떻게 저 예쁜 아기를 뱃속에 지니고 있었을까 하고 생각했다. 그런데 자기도 모르게 생각이 입 밖으로 새어 나온 모양이었다. 당나귀가 받아쳤다.

"세상에는 자네가 이해할 수 없는 일도 있다고."

"왜 자꾸 내가 이해하지 못한다고 말하는 거지? 내가 자네보다 나이도 많잖아. 난 산에서도 일해봤고 들판에서도 일해봤고 바닷가에서 일한 적도 있어."

"그런 건 하나도 중요하지 않아." 당나귀가 말했다. "후광뿐만이 아냐. 자네는 눈치채지 못했겠지만 아기의 주변을 신기한 먼지 같은 게 둘러싸고 있어. 먼지라고 하기엔 훨씬 멋진 무언가가 말이야."

"훨씬 더 우아하지. 빛처럼 부드럽고. 금빛의 수증기가 그 작은 몸에서 피어오르는 것처럼 보여." 소가 말했다.

"맞아. 하지만 그런 말은 자네도 본 척하려고 꾸며내는 거잖아."

"내가 못 봤다는 거야?"

소는 당나귀를 마구간 구석으로 데려갔다. 그곳에는 작은 나뭇가지가 놓여있었다. 나뭇가지 주위에는 예수의 신성한 몸에서 뿜어져 나오는 광채를 묘사하려고 정성스레 엮은 지푸라기 몇 가닥을 배치해두었다. 소가 경배의 마음을 담아 꾸며놓은 최초의 제단이었다. 그 지푸라기는 소가 바깥에서 직접 물어온 것이었다. 구유에 깔린 지푸라기는 손대지 않았다. 너무 먹음직스러워서, 건드리기만 해도 어쩐지 신을 거스르는 것 같은 느낌이 들었기 때문이다.

소와 당나귀는 들판에 나가 어스름이 질 때까지 풀을 뜯었다. 돌멩이들은 보통 세상일을 이해하는 데에 시간이 오래 걸리는 편이었는데, 그날 들판에는 예수의 탄생을 이미 알고 있는 돌멩이들이 제법 있었다. 그중 한 조약돌은 색깔과 모양을 미묘하게 바꾸면서 자기도 알고 있다는 신호를 보냈다.

들꽃들도 이미 알고 있었다. 그래서 함부로 밟을 수 없었다. 이제 들판에서 불경을 저지르지 않고 풀을 뜯기란 쉬운 일이 아니었다. 먹을 것을 찾기가 점점 어려워졌다. 소는 먹는 일에서 의미를 잃어갔다. 먹지 않아도 행복으로 이미 배가 불렀다.

물을 마시기 전에도 소는 망설였다. '이 물도 혹시 알고 있을까?' 조금이라도 의심이 들면 입을 대지 않았고, 조금 떨어진 곳에 있어서 아직 아무것도 모르는 게 틀림없는 흙탕물로 가 목을 축였다.

　가끔은 아무 징후가 없었는데도 물을 한 모금 삼키는 순간 목구멍에서 말할 수 없이 부드러운 감촉이 느껴질 때가 있었다. 소는 속으로 중얼거렸다. '늦었구나. 이 물을 마셔서는 안 되는 거였는데.'

　소는 이제 숨 쉬는 것도 조심스러웠다. 무언가 성스러운 기운이 공기에 깃들어 있다는 느낌이 들었다. 공기도 이미 모든 것을 알고 있는 것 같았다. 숨을 들이마시다 혹시 천사를 하나 삼키게 되지는 않을까 겁이 났다.

소는 지금보다 더 깨끗해지고 싶었지만 그렇지 못해서 늘 부끄러웠다. '이제는 예전보다 더 깨끗해야 해. 그래, 조심하면 돼. 발을 디딜 때도 잘 살피자.'

　당나귀는 여전히 태평했다.

　마구간에 햇볕이 들어오면 두 짐승은 서로 자기가 아기에게 그늘을 드리워주겠다며 다투었다. 소는 속으로 생각했다. '조금쯤은 햇볕을 쬐어도 괜찮을 텐데. 하지만 그렇게 말하면 당나귀는 또

내가 아무것도 모른다고 하겠지.'

아기는 계속 잠을 잤다. 잠결에도 생각에 잠긴 듯 눈썹을 움찔거리곤 했다.

어느 날 마리아가 문간에 서서 장차 그리스도인이 될 이들이 쏟아내는 질문 공세를 받고 있을 때, 당나귀는 코끝으로 아기의 몸을 자기 쪽으로 살짝 돌려놓았다.

구유 곁으로 돌아온 마리아가 깜짝 놀랐다. 있어야 할 자리에 아기의 얼굴이 보이지 않았기 때문이다. 상황을 알아차린 마리아는 당나귀에게 다시는 아기 몸에 손대지 말라고 타일렀다. 소는 평소와는 다른 의미심장한 침묵으로 동의의 뜻을 표했다. 소는 침묵에 리듬과 뉘앙스를 담을 줄 알았다. 심지어는 구두점도 붙일 줄 알았다. 추운 날이면 콧구멍에서 뿜어져 나오는 하얀 김의 길이만 보아도 소가 무슨 생각을 하는지 짐작할 수 있었고 많은 것을 알아차릴 수 있었다.

소는 아기의 몸을 직접 건드리는 것은 감히 허락되지 않은 일이라고 여겼다. 자신이 할 수 있는 것은 간접적인 봉사라고 생각했다. 이를테면 매일 아침 벌집에 등을 문지르고는 마구간의 파리들을 들판으로 유인하거나, 마구간 벽을 기어다니는 벌레를 눌러 없애는 식이었다.

당나귀는 언제나 바깥의 소리를 염탐했다.

조금이라도 수상한 낌새가 있으면 곧장 입구를 가로막았다. 그러면 소도 당나귀의 뒤에 서서 한패가 되어주었다. 두 짐승은 몸에 최대한 무게를 실었다. 위험이 지속되는 동안 그들의 머리와 배는 납과 화강암을 채운 듯 단단히 굳었지만, 눈빛은 어느 때보다도 초롱초롱했고 경계심으로 예리하게 빛났다.

※

소는 마리아가 구유에 다가가기만 해도 아기가 미소 짓는 것을 보고 놀라지 않을 수 없었다. 요셉 역시 얼굴에 거친 수염이 덥수룩한데도 그다지 힘들이지 않고 아기를 웃게 했다. 요셉은 그저 서 있기만 할 때도 있었지만 작은 피리를 불어줄 때도 있었다. 소도 무언가를 연주해 보고 싶었다. 생각해 보면 숨을 불어넣는 일에는 일가견이 있었다.

'주인님을 흉보려는 건 아니지만, 그분은 콧김으로 아기 예수를 따뜻하게 데워주는 건 못할 거야. 그렇지만 피리라면 나도 불 수 있지. 아기와 단둘이 있기만 하면 돼. 그러면 나도 주눅 들지 않고, 아기를 내가 지켜줘야 할 작고 연약한 존재로 바라볼 수 있을 거야. 어쨌든 소란 놈은 자기 능력을 잘 아는 동물이거든.'

들판에서 두 짐승이 함께 풀을 뜯을 때 소는

가끔 혼자 자리를 비웠다.

"어디 가는 거야?"

"금방 돌아올 거야."

"그러니까 어디를 그렇게 혼자 가는데?"
당나귀가 재차 물었다.

"별일 없는지 좀 보고 오려고. 혹시 모르잖아."

"그냥 좀 내버려둬."

하지만 소는 이미 들판을 떠났다. 마구간 벽에는 빛이 드는 작고 둥근 구멍이 하나 있었다. 소는 그 구멍으로 안을 들여다보곤 했다. 훗날 사람들이 이런 창을 '소의 눈'이라 부르게 된 것도 이 때문이다.

어느 날 소가 들여다보니 마리아와 요셉이 자리에 없었다. 의자 위에는 작은 피리가 놓여 있었다. 소의 코가 닿을 만한 곳이었고, 아기로부터 너무 가깝지도 멀지도 않았다.

소는 음악이라는 매개 덕분에 예수의 귀에 도달하려는 용기를 내볼 수 있었다.

'무슨 곡을 불어줄까? 밭일할 때 부르는 노래? 용감한 송아지의 전투가? 아니면 사랑스러운 암송아지의 노래?'

소들이 먹은 것을 되새김질하는 것처럼 보일 때 실제로는 마음속으로 노래를 흥얼거릴 때도 있었다.

소는 작은 피리에 조심스레 콧김을 불어넣어 보았다. 천사가 도와준 것인지 아주 맑고 고운

소리가 흘러나왔다. 아기가 누운 자리에서 머리를 살짝 들어 소리 나는 쪽을 보려고 했다. 연주자는 성에 차지 않았다. 아직 바깥까지 소리가 들리지는 않을 거라고 생각했다. 하지만 오산이었다. 소는 자신이 피리를 건드렸다는 것을 혹시라도 누군가, 특히 당나귀가 알면 어쩌나 싶어 황급히 도망쳤다.

※

어느 날 마리아가 소를 불렀다.

"이리 와보렴. 왜 요즘은 아기에게 가까이 오려고 하지 않지? 아기가 갓 태어나서 아무것도 걸치지 않았을 때 따뜻하게 덥혀주었던 게 너 아니니?"

소는 용기를 내어 구유 곁으로 다가갔다. 아기 예수는 소를 안심시키려는 듯이 두 손으로 소의 코끝을 잡았다. 소는 숨을 멈추었다. 지금은 콧김이 필요한 순간이 아니었다. 예수가 방긋 웃었다. 소는 말로 표현할 수 없을 만큼 기뻤다. 기쁨이 몸 전체를 휘감아 뿔 끝까지 차올랐다.

아기는 소와 당나귀를 번갈아 바라보았다. 당나귀가 좀 지나치게 자신만만하다면, 소는 예수의 얼굴을 앞에 두고 있어서인지 스스로 한없이 불순한 존재인 것처럼 느끼곤 했다. 예수의 얼굴은 안에서부터 은은히 빛나고 있어서 그 모습을 보노라면 저 멀리 작고 고요한 집에서 얇은 커튼 너머로 등불이 방을 옮겨 다니는 풍경을 지켜보는 것만 같았다.

그런 생각을 하며 소가 심각한 표정을 짓자 갑자기 아기가 까르륵 웃었다. 소는 웃음의 뜻을 알 수 없었다. 혹시 자신을 놀리는 것은 아닌지 궁금했다. 이제 조금 더 신중하게 행동해야 하는 것일까 아니면 자리에서 물러나는 게 좋을까 하고 잠시 망설였다. 그때 아기가 또 한 번 웃었다. 그 웃음은 눈부시게 환하고 마치 아들이 아버지에게 보일 법한 사랑스러운 웃음이어서 소는 자리에 남아있어도 괜찮겠다는 생각이 들었다.

마리아와 아기는 종종 얼굴을 가까이하고 서로를 바라보았다. 누가 상대를 더 자랑스럽게 여기는지 겨루기라도 하는 듯했다.

소는 생각했다. '정말 기쁨에 찬 표정이야. 이보다 순수한 어머니, 이보다 사랑스러운 아이가 또 있을까. 그런데 이상하게도 가끔은 두 사람의 얼굴이 엄숙해 보여.'

※

소와 당나귀는 마구간으로 돌아가고 있었다. 잠시 하늘을 살피던 소가 말했다.

"하늘을 가로지르는 저 별 좀 봐. 참 아름답지

않아? 가슴이 뜨거워지는 것 같아."

"진정 좀 하지 그래. 요 며칠 우리가 겪은 엄청난 일들하고는 아무 상관 없는 감상 같은데."

"자네가 뭐라고 하든 좋아. 내가 보기엔 저 별이 우리 쪽으로 다가오고 있어. 위치가 꽤 낮아졌잖아. 우리 마구간을 향해서 오는 것 같지 않아? 게다가 그 아래를 봐. 머리에 보석을 두른 사람 세 명이 오고 있어."

두 짐승이 마구간 앞에 이르렀을 때 당나귀가 물었다.

"자, 소 나으리. 이제 무슨 일이 일어나겠나?"

"그건 나도 몰라. 그저 일어나는 일을 그대로 보는 것으로 충분해. 그것만 해도 큰 일이거든." 소가 대답했다.

"내 생각은 다른데."

그때 요셉이 문을 열며 말했다. "너희 둘 다 저리 비켜. 입구를 막고 있잖아. 사람들이 들어올 수 있도록 좀 물러서."

두 짐승은 길을 비켜주었다. 방문객들은 세 명의 동방박사였다. 그중 한 사람은 피부색이 짙은 흑인이었는데, 훗날 사람들은 그를 아프리카의 왕이라 불렀다. 소는 처음에 이 사람을 은근히 경계했다. 아기에게 악의를 갖고 있는 것은 아닌지 의심스러웠다.

흑인은 근시가 있는지 예수에게 몸을 낮추고는 가까이 들여다보았다. 그러자 반들반들 윤이 나는 그의 얼굴에 예수의 모습이 거울처럼 훤히 비쳤다. 깊은 경의에 사로잡혀 완전히 자신을 잊어버린 듯한 그의 태도를 보자 소도 마음이 누그러졌다.

소는 생각했다. '정말 좋은 사람이야. 다른 두 사람은 저렇게 자신을 비우고 아기를 마주하지 못했을 거야.'

그리고 잠시 후에는 이렇게 생각했다. '어쩌면 셋 중에서 가장 좋은 사람일지도 몰라.'

마침 소는 조금 전에 얼굴이 하얀 두 박사가 구유에서 짚 한 오라기씩을 훔쳐 소중히 싸서 자기 집 속에 넣는 것을 목격했다. 그러나 검은 박사는 아무것도 가져가려 하지 않았다.

세 박사는 이웃이 임시로 빌려준 이부자리에 나란히 누워 잠들었다.

소는 신기하게 여겼다. '잠자리에 누워서도 저 관을 벗지 않다니 참 희한하네. 저렇게 딱딱한 걸 쓰고 자면 뿔보다 훨씬 더 불편할 텐데. 머리 위에서 보석이 저렇게 번쩍번쩍 빛난다면 잠이 오다가도 달아날 것 같아.'

세 박사는 묘비에 새겨진 조각처럼 고요히 잠들었다. 그들을 인도해 온 별이 구유 위에서 빛나고 있었다.

동이 트기 직전에 셋은 동시에 눈을 뜨고 똑같은 동작을 하며 일어났다. 세 사람 다 꿈에서 천사의 말을 들었던 것이다. 천사는 헤롯 왕에게 돌아가지 말고 곧장 출발하라고 말했다. 그들이 아기 예수를 봤다는 것을 알게 되면 헤롯 왕이 질투로 무슨 짓을 할지 몰랐다.

　세 박사는 즉시 길을 떠났다. 하지만 별은 여전히 마구간 위에서 빛나고 있었다. 누구나 여기가 바로 그 자리임을 알 수 있도록.

소의 기도

아기 예수님, 제가 아둔하고 멍청해 보이더라도 외모로 저를 판단하지는 말아주세요. 언젠가는 저도 걸어 다니는 바위 같은 이 투박한 몸에서 풀려날 수 있겠지요?

　그리고 이 뿔 말인데요. 부디 알아주시면 좋겠는데, 사실 이건 장식이나 다름없답니다. 솔직히 말하자면 한 번도 써본 적이 없어요.

　예수님, 제 안의 모든 가난과 혼란에 조금만 빛을 비춰주세요. 작은 발과 작은 손을 가지고 계신 예수님, 그 신묘함을 저에게도 가르쳐주세요.

나의 작은 주인님이여, 말해주지 않을래요?
그날 저는 고개를 살짝 돌렸을 뿐인데 어떻게
예수님의 존재를 온전히 만날 수 있었을까요?
이렇게 경이로운 아기 예수님 앞에 무릎 꿇을 수
있음에, 천사들과 별님과 더불어 살 수 있음에, 저는
그저 감사할 뿐입니다.

하지만 가끔 이런 생각이 들어요. 혹시 잘못된
건 아닐까? 내가 정말 여기 있어도 괜찮은 걸까?
아직 눈치채지 못하셨겠지만 제 등에는 커다란
흉터가 있고 옆구리 털은 듬성듬성 빠져 있지요.
참으로 못난 모습이에요. 제 가족 중에서라면
저보다 훨씬 나은 형이나 사촌이 이 자리에 더
어울렸을지도 몰라요. 아니면 사자나 독수리가 더
낫지 않았을까요?

※

"그만 좀 해." 당나귀가 말했다. "뭘 그렇게
중얼거리는 거야. 자네는 되새김질하느라 그러는지
모르겠지만 그 소리 때문에 잠을 잘 수가 없잖아."

소는 속으로 생각했다. '맞는 말이야. 때로는
잠자코 있을 줄도 알아야지. 행복이 너무 커서 담을
곳이 없을 만큼 벅차더라도.'

하지만 사실은 당나귀도 기도하고 있었다.

'짐을 진 당나귀들아, 짐을 끄는 당나귀들아, 이제 우리 발 아래 펼쳐질 삶은 아름다울 거야. 새끼 당나귀들도 푸르른 초원에서 다가올 세상을 설레는 마음으로 기다리겠지.

작은 아기 예수님, 예수님 덕분에 돌멩이들은 있어야 할 곳에 있고, 우리를 향해 굴러떨어지지도 않습니다. 그런데 말입니다. 왜 밖에는 아직도 언덕이 있고 심지어 산도 있는 걸까요? 세상이 다 평지라면 모두가 더 좋아하지 않을까요?

그리고 소는 저보다 훨씬 힘이 센데, 왜 아무도 소에게 올라타지 않는 거지요? 제 귀는 어째서 이렇게 길고, 꼬리엔 털도 나 있지 않을까요? 발굽은 왜 이리도 작고 가슴팍은 좁은지, 또 목에선 왜 이리 탁한 소리만 나지요? 그래도 혹시 모르죠. 이게 꼭 정해진 운명은 아닐지도요.'

그 후 며칠 동안 별들이 차례로 보초를 섰다. 오늘은 이 별이, 내일은 저 별이 하는 식으로 교대하다가 때로는 성좌 전체가 마구간을 지켰다. 하늘의 비밀을 감추기 위해 별이 망을 보러 나가면 구름 한 조각이 반드시 빈 곳을 메워주었다. 놀라운 광경이었다. 아득히 멀리 있던 별들이 자신을 조그맣게 줄여 마구간 위로 내려와서는 열기와 찬란한 빛과 무한한 크기를 조심스레 감춘 채 아기에게 온기를 주고 어둠을 부드럽게 밝힐 만큼만

빛을 내고 있었다.

예수 탄생 이후 며칠이 그렇게 흘러갔다. 마리아와 요셉, 아기 예수, 심지어 소와 당나귀까지 모두가 놀라울 만큼 자신에 충실했다. 낮에는 방문객들 속에 섞여 조금 희미해지기도 했으나 해가 지고 나면 기적처럼 자신의 본성에 집중하며 고요한 평온을 되찾았다.

많은 동물이 소와 당나귀에게 아기 예수를 만나고 싶다고 청했다. 소는 요셉의 허락을 얻어, 발 빠르고 붙임성 좋기로 유명한 말을 불러 내일부터 아기 예수를 방문할 동물들을 모으라고 했다.

당나귀와 소는 맹수를 마구간에 들여도 괜찮을지 조금 걱정스러웠다. 낙타처럼 혹이 달리거나 코끼리처럼 코가 긴 동물, 또 너무 육중한 동물도 문제를 일으킬 수 있었다.

전갈, 타란툴라, 땅거미, 살무사처럼 무시무시한 녀석들도 마찬가지였다. 그들은 밤낮을 가리지 않고, 심지어 모든 것이 순수해지는 새벽에도 몸 안에서 독을 만들어내지 않던가.

그러나 마리아는 주저하지 않고 말했다.

"누구든 들어올 수 있어. 구유 안의 아기는 천상에 있을 때와 다를 바 없이 안전하니까."

"하지만 한 번에 한 마리씩이야!" 요셉이 군인 같은 말투로 말했다. "두 마리가 동시에 들어오면 안

돼. 그러면 누가 누군지 알아볼 수 없으니까."

독을 가진 동물들이 먼저 입장했다. 다들 이들을 먼저 들여보내서 그간의 대우를 보상하고 섭섭함을 풀어주는 게 좋겠다는 마음이 있었다. 뱀들이 행동을 유독 조심하는 게 눈에 띄었다. 마리아와 눈을 마주치지 않으려 애쓰며 가능한 한 멀찍이 돌아서 지나갔다. 물러 나올 때도 비둘기나 집 지키는 개처럼 침착하고 품위 있는 태도를 잃지 않으려고 했다.

너무 작아서 안에 있는지 밖에 있는지 분간하기 힘든 동물도 있었다. 이렇게 티끌처럼 작은 동물들은 구유로 가서 예수에게 인사를 하고 나올 때까지 한 시간을 쓸 수 있도록 해주었다. 요셉은 피부에 살짝 간지럼을 느껴서 아직 작은 생물이 다 지나가지 않았다는 걸 알 수 있었고 약속한 시간까지 기다렸다가 다음 동물을 입장시켰다.

다음에 들어온 개들은 소와 당나귀가 마구간에 상시 머무를 수 있다는 사실에 놀라움을 감추지 못했다. 자신들도 같이 남아 있고 싶어 했으나 모두가 대답 대신 이들을 쓰다듬어 주었다. 개들은 아주 만족스러워진 표정으로 돌아갔다.

사자가 다가오는 것을 냄새로 느꼈을 때 소와 당나귀는 긴장하지 않을 수 없었다. 그 냄새는 동방박사들이 아낌없이 뿌려둔 유향과 몰약, 갖가지

향료들을 아무렇지 않게 뚫고 들어왔다.

마리아와 요셉은 마음이 너그러워서 아무 일도 없으리라 믿는다는 것을 소는 잘 알고 있었다. 그러나 이 가냘픈 빛과도 같은 아기를 입김 한 번으로 꺼트릴 수 있는 짐승 곁에 둔다는 것은 너무나 위험한 일이 아닌가.

소와 당나귀의 불안은 점점 커졌다. 그들이 사자 앞에서 완전히 굳어버리는 것은 다름 아닌 본능이었다. 사자와 싸운다는 것은 천둥이나 번개와 싸우는 것만큼 어리석은 일이었다. 게다가 최근에 제대로 먹지 못해 기운이 빠진 소는 싸우기는커녕 바람만 불어도 쓰러질 지경이었다.

사자는 여태 사막의 바람 말고는 누구도 손댄 적 없는 갈기를 휘날리며 들어왔다. 음울한 두 눈동자는 이렇게 말하는 듯했다. '나는 사자다. 어쩌겠는가. 그저 짐승들의 왕으로 태어났을 뿐인데.'

사자가 여러 가지로 신경 쓰는 것이 보였다. 그는 마구간 안에서 최대한 자리를 덜 차지하려고 노력했는데, 쉬운 일은 아니었다. 주변의 어떤 것도 건드리지 않도록 조심히 숨을 쉬려 했고, 언제든 펼칠 수 있는 발톱과 강력한 근육에 둘러싸인 턱이 자신에게 있다는 사실을 잊게 하려고 애썼다. 눈을 반쯤 내리깔고, 튼튼한 이빨을 부끄러운 질병이라도 되는 양 감추며 앞으로 나아갔다. 극도로 겸손한 그

태도를 보면 이 사자는 성 블랑딘*을 끝내 잡아먹지 않았던 사자의 후예가 틀림없어 보였다.

사자를 가엾게 여긴 마리아는 자신의 아기에게만 보여주었던 따뜻한 미소를 지어 사자를 안심시키려 했다. 사자는 마리아를 똑바로 바라보며 아까보다 더 절망적인 눈빛으로 이렇게 말하는 듯했다.

'왜 저는 이렇게 크고 강하게 태어난 것일까요? 아시겠지만 저는 배고픔과 추위에 쫓겨 어쩔 수 없이 먹이를 잡아먹습니다. 새끼들도 먹여살려야 하니까요. 우리도 초식동물이 되려고 나름대로 시도를 해봤습니다만 불가능했어요. 풀은 우리를 위해 만들어진 게 아니더군요. 잘 되지가 않았습니다.'

사자가 갈기와 털로 뒤덮인 거대한 머리를 숙이고 딱딱한 바닥 위에 서글피 엎드렸다. 꼬리마저 머리와 마찬가지로 바닥에 완전히 떨어트려졌다. 그 광경은 침묵 속에서 모두의 마음을 아프게 했다.

호랑이의 차례가 되었다. 그는 참회와 고행의 몸짓으로 구유 발치에 몸을 낮춘 다음 호랑이 가죽 깔개라도 된 것처럼 바닥에 납작 엎드렸다. 그러다 몇 초 뒤에 믿을 수 없는 힘과 유연성으로 몸을

---

* 서기 177년, 로마 제국의 기독교 박해기에 순교한 성인. 원형경기장에서 사자 앞에 던져졌지만 사자가 공격하기를 거부했다고 한다.

일으켜 세우더니 아무 말 없이 마구간을 나갔다.

기린은 한참 동안 문턱에 다리만 내밀고 서 있었다. 그것으로 충분하니 구유를 한 바퀴 돈 것으로 간주하자고 모두가 만장일치로 합의했다.

코끼리도 마찬가지였다. 코끼리는 마구간 문 앞에 무릎을 꿇고 향로를 흔들듯 긴 코를 허공에 돌렸다. 그 몸짓은 모두에게 깊은 인상을 남겼다.

털이 수북한 양은 지금 당장 털을 바치게 해달라고 고집을 피웠다. 그러나 감사의 마음만 받기로 하고 털을 그대로 둔 채 양을 돌려보냈다.

어미 캥거루는 자신의 새끼 캥거루 하나를 예수에게 선물로 드리겠다고 우겼다. 마음에서 우러나와 드리는 선물이며, 집에는 다른 새끼들도 많기 때문에 받으셔도 괜찮다는 것이 어미 캥거루의 주장이었다. 하지만 요셉은 단호히 고개를 저었고 캥거루는 결국 새끼를 품에 안고 돌아갔다.

타조는 운이 좋았다. 사람들이 잠시 한눈을 판 사이 마구간 구석에 알을 하나 낳고는 조용히 사라져버렸다. 다음 날 아침이 되어서야 당나귀가 그 '기념품'을 발견했다. 이처럼 크고 단단한 알은 처음 보았기 때문에 당나귀는 기적이 일어났다고 믿었다. 요셉이 그 알로 오믈렛을 만들어 먹자 당나귀의 착각은 금세 풀렸다.

물살이들은 물 밖에서 숨을 쉴 수 없는 사정

탓에 직접 오기가 어려웠고, 그래서 갈매기에게 대리 방문을 부탁했다.

새는 노래를, 집비둘기는 사랑을, 원숭이는 장난기를, 고양이는 시선을, 산비둘기는 목젖의 부드러움을 각각 선물로 남기고 떠났다.

이 밖에도 그 자리에 함께하고 싶어 했던 동물들이 있었다. 아직 세상에 발견되지 않아 이름이 없는 이 동물들은 땅속 깊은 곳이나 바다의 심연, 별빛도 달빛도 심지어 계절의 변화도 닿지 않는 영원한 밤 속에서 이름 붙여지기를 기다리는 존재들이었다.

올 수 없었던 것들, 늦게 출발한 것들, 그중에는 세계의 끝에서 열심히 길을 나섰지만 다리가 너무 짧아 시속 1미터밖에 이동할 수 없는 것도 있었다. 이 작은 벌레는 수명이 너무 짧아서 운이 좋다고 해도 평생 50센티 이상 가기 힘들었다. 그들의 영혼이 모두 공기 중에 떠돌아다니는 것이 느껴졌다.

몇 가지 기적도 있었다. 거북이가 서둘러 움직였고 이구아나가 천천히 걸었으며 하마는 우아하게 무릎을 꿇었고 앵무새는 침묵을 지켰다.

해가 지기 조금 전에 모두를 슬프게 하는 일이

벌어졌다. 하루 종일 아무것도 먹지 못한 채 동물들의 행렬을 이끌던 요셉이 피로에 지친 나머지 무심코 거미 한 마리를 밟고 말았다. 거미가 아기 예수를 경배하러 오던 길이라는 사실을 잊어버린 것이다. 괴로워하는 요셉의 얼굴 때문에 마구간에 있던 모두가 한동안 숙연해졌다.

분별이 있을 줄로 믿었는데 뜻밖에 뻔뻔하게 구는 동물들도 있었다. 소는 마구간에서 나가지 않고 버티는 족제비와 다람쥐, 오소리를 쫓아내야 했다.

황혼 무렵 나비 몇 마리는 자기네 날개 색과 같은 지붕 들보에 숨어들어 구유 위에서 하룻밤을 보냈다. 하지만 다음 날 아침 햇살이 비치는 순간 탄로가 났고, 요셉은 어느 동물도 특별히 봐주지 않는다는 방침이었으므로 나비들을 바로 내쫓았다.

파리들도 마찬가지로 떠나라는 말을 들었지만 무심한 태도로 자기들은 원래부터 여기에 있었다고 대꾸했다. 요셉은 반박할 수가 없어 아무 말도 하지 않았다.

불가사의한 일들이 계속 늘어나면서 소는 숨이 멎을 정도로 놀라는 일이 많아졌다. 소는 동양의 고행자처럼 숨을 멈추는 법을 터득하게 되었고

급기야 남들이 보지 못하는 것도 보기 시작했다. 대단한 업적을 세우는 것보다는 겸허히 있는 편을 더 좋아하는 소였지만 이제는 진정한 황홀경을 알게 되었다. 소는 천사나 성인을 상상으로 떠올리지 않았다. 그러면 안 된다는 경건한 두려움이 들었기 때문이다. 천사와 성인은 정말로 근처에 있을 때만 소에게 모습을 드러냈다.

천사의 존재를 의심했던 소는 그 모습을 볼 수 있게 된 후 혼잣말했다. '나도 참 불쌍하구나. 짐을 끄는 짐승일 뿐이라고 생각했는데, 어쩌면 악마일지도 몰라. 왜 나에게도 뿔이 달린 걸까? 나쁜 짓을 저지른 적도 없는데. 아니면 혹시 나는 주술사인 걸까?'

요셉은 소의 근심을 눈치챘다. 소는 눈에 띄게 야위어가고 있었다. 그는 소에게 소리쳤다.

"밖에 나가서 풀을 먹고 와! 온종일 우리를 따라다니기만 하고 말이야. 이러다간 뼈와 가죽밖에 안 남겠구나."

당나귀와 소는 마구간 밖으로 나갔다. 당나귀가 말했다.

"자네 정말 많이 야위었는걸. 뼈가 그렇게 튀어나오니 온몸에 뿔이 돋은 것 같구먼."

"내 앞에서 뿔 얘기하지 말라니까."

소는 혼잣말로 자문자답했다. '그래, 주인님

말이 맞아. 살아야지. 자, 이 싱그러운 연둣빛
풀을 좀 먹어볼까. 아니면 저쪽이 나을까. 풀에
독이라도 있다고 생각하는 거냐? 아니, 그냥 배가
고프지 않아서 그래. 그런데 아기 예수는 얼마나
아름다우신지! 그리고 저 거대한 존재들. 날개로
숨 쉬듯 끊임없이 펄럭이면서 드나드는 천사들.
천상의 모든 아름다움이 조금도 훼손되지 않고 우리
소박한 마구간에 깃드는구나. 자, 하지만 먹어야
해. 그런 건 소와는 상관없는 일이잖아. 그리고
한밤중에 행복이 와서 귀를 잡아당긴다고 해도 더
자두는 게 좋아. 구유 옆에 무릎을 꿇고 너무 오래
앉아 있는 것도 그만두어야 해. 무릎의 가죽이
다 닳아버릴 지경이야. 이대로 가다간 파리들이
몰려들지도 몰라.'

어느 날 밤, 캄캄한 하늘에서 황소좌의 별들이 구유
위를 지키고 있었다. 일등성인 알데바란의 붉은 눈이
불타오르듯 환하게 빛났다. 황소의 뿔도, 옆구리도
보석으로 장식된 듯 반짝였다.

    소는 아기 예수가 이처럼 든든한 보호 아래 잠든
모습을 보니 자랑스럽다는 생각이 들었다. 모두가
평온하게 자고 있었다. 당나귀도 귀를 늘어뜨린 채

안심한 얼굴로 자고 있었다.

하지만 소는 걱정이 되었다. 가족이자 벗인 황소좌가 초자연적인 힘으로 지켜주고 있는데도 여전히 그랬다. 소는 자신이 아기 예수를 위해 헌신하고 있다는 것, 별 도움이 되지 않는 것을 알면서도 잠을 안 자고 지키고 있다는 것, 보잘것없고 무력하지만 그럼에도 예수를 지키려 한다는 것을 곱씹었다.

소는 생각했다. '황소좌에서 내가 보일까. 저 거대한 별이 붉게 타오르는 모습을 보면 좀 무서운 마음이 드는데, 내가 여기 아래 있다는 걸 알고는 있을까. 별들은 너무 높고 너무 멀어서 도대체 어디를 바라보는지조차 알 수가 없어.'

요셉은 한동안 악몽을 꾸는 듯 뒤척이다가 갑자기 일어나 두 팔을 하늘로 치켜들었다. 늘 침착하고 자제력 있는 요셉이었지만 이번만큼은 달랐다. 요셉은 모두를 깨웠다. 아기도 눈을 떴다.

"꿈에 하느님을 보았어요. 서둘러 떠나야 해요. 헤롯이 예수를 빼앗으러 올 거요."

마리아는 마치 유대인의 왕 헤롯이 칼을 들고 문 앞에 오기라도 한 것처럼 아기 예수를 품에 꼭 안았다.

당나귀도 몸을 일으켰다.

"저 녀석은 어쩌지요?" 요셉이 소를 가리키며

마리아에게 물었다.

"우리와 같이 가기에는 너무 약해진 것 같아요."

소는 아직 힘이 있다는 것을 보여주기 위해 필사적으로 일어서려 했다. 하지만 지면에 달라붙은 듯 몸을 움직일 수 없었다. 소는 하늘을 올려다보았다. 출발할 수 있도록 힘을 달라고 부탁할 데가 황소좌밖에 없었다. 그러나 하늘의 소는 미동도 하지 않았다. 여전히 붉게 타오르는 눈으로 다른 곳을 바라보며 지상의 소에게 옆모습을 보여줄 뿐이었다.

"며칠째 아무것도 먹지 않았어요." 마리아가 요셉에게 말했다.

소는 생각했다. '아, 결국 나를 여기에 두고 갈 모양이구나. 너무나 아름다운 날들이었어. 오래 지속될 리가 없지. 아마 나를 데려간다고 하더라도 피골이 상접한 유령 같은 신세라 길을 지체하게 만들 뿐이겠지. 내 갈비뼈들도 가죽에 붙어 있는 게 지겨워서 이제 그냥 하늘 밑에서 편히 쉬고 싶을 거야.'

당나귀가 소에게 다가와 주둥이에 코를 비비면서 마리아님이 이웃집 여인에게 돌봐달라고 말해두었으니 모두 떠나더라도 별일 없을 거라고 말해주었다. 하지만 눈을 반쯤 감은 소는 여전히 참담한 마음을 견딜 수가 없었다.

마리아는 소를 쓰다듬으면서 말했다. "우리는

여행을 떠나는 게 아니야. 잘 생각해 봐. 그냥 널 겁주려고 그렇게 말한 거란다."

요셉도 말했다. "물론이지. 금방 돌아올 거야. 이런 한밤중에 먼 길을 떠날 리가 있나."

"오늘 밤은 날씨가 아름다워서 아기에게 바깥 공기를 조금 쐬게 해주고 돌아올 거야. 최근에 안색이 별로 안 좋았거든."

"그럼, 그렇고말고." 요셉이 맞장구를 쳤다.

소는 그것이 선의의 거짓말이라는 것을 알고 있었지만 떠날 준비로 분주한 그들을 방해하지 않으려고 깊이 잠든 척을 했다. 소도 자기가 할 수 있는 거짓말을 한 것이다.

"잠든 것 같아요." 마리아가 말했다. "깨어났을 때 불편하지 않도록 구유의 지푸라기를 곁에 두도록 하죠. 피리도 가까이 두고요. 혼자 있을 때 이걸 부는 걸 좋아했잖아요."

떠날 채비를 마쳤다. 마구간의 문이 삐걱거리며 열렸다.

'기름칠을 좀 해둘 걸 그랬군.' 요셉은 문소리에 소가 깰까 봐 걱정되었다. 하지만 소는 잠든 척을 계속했다.

다시 조심스럽게 문이 닫혔다.

당나귀가 구유 곁을 떠나 이집트로 피신하며 조금씩 조금씩 멀어져가는 동안, 소는 조금 전까지 아기 예수가 누워 있던 짚에서 시선을 떼지 못했다. 이제 다시는 그 지푸라기에도, 피리에도 손댈 일이 없으리라는 것을 잘 알고 있었다.

    황소좌는 크게 한 번 도약하더니 하늘로 되돌아갔다. 뿔을 한 번 휘둘러 하늘에 자신의 모습을 박아 넣었다. 그리고 다시는 그 자리를 떠나지 않았다.

✶

새벽이 되고 얼마 지나지 않아 이웃집 여인이 마구간에 들어왔을 때 소는 되새김질을 완전히 멈추었다.

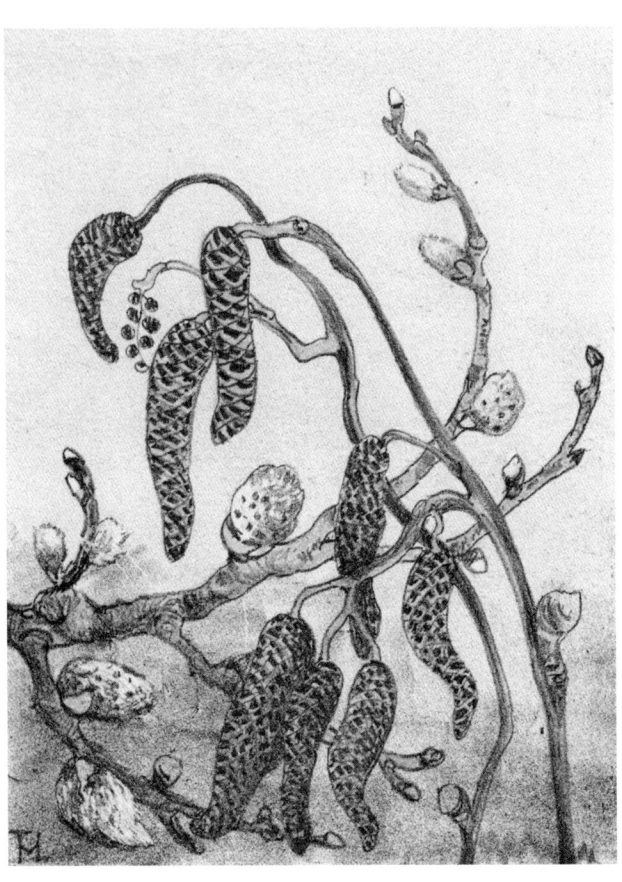

죽음

Christmas, 1925
블라디미르 나보코프

어둑한 눈밭을 지나 마을에서 저택으로 돌아온 슬렙초프는 구석에 있는 의자에 몸을 기댔다. 벨벳을 씌운 그 안락의자에는 이제껏 한 번도 앉아본 적이 없었다. 큰 불행이 닥치고 나면 종종 그런 일이 생긴다. 장례를 마친 뒤 깊은 슬픔에 빠져 휘청일 때, 이가 떨리고 눈물이 앞을 가릴 때, 당신에게 위로가 되는 사람은 혈육이 아닐 때가 있다. 그저 스치듯 알고 지내던 사람, 평소엔 인사 한마디 나누지 않던 이웃이 다가와 당신이 떨어뜨린 모자를 주워 건네주며, 온화하고 현명한 말로 마음을 위로해 준다.

무생물도 마찬가지다. 널찍한 시골 저택의 별채에는 아무리 아늑하게 꾸며도 발길이 좀처럼 닿지 않는 구석이 있기 마련이다. 슬렙초프가 앉은 자리도 바로 그런 구석이었다.

이 별채는 목조 회랑을 따라 본채와 이어져 있었지만, 지금은 북러시아 특유의 거대한 눈더미가 그 사이를 가로막고 있었다. 본채는 여름에만 사용하는 공간이었다. 잠들어있는 그곳을 깨워 불을 지필 이유는 없었다. 페테르부르크에 사는 슬렙초크는 어쩌다 사나흘 머물다 갈 뿐이었고, 올 때마다 하얀 네덜란드 타일 난로가 따뜻하게 데워주는 작은 별채에서 지냈다.

슬렙초크는 그 별채의 외진 구석, 벨벳을 씌운 의자에 앉아 있었다. 마치 병원 대기실에서 차례를 기다리는 사람 같았다. 방 안은 어둑했다. 초저녁의 짙푸른 빛이 유리창에 낀 서리의 반짝이는 솜털 사이로 스며들었다. 과묵하고 다부진 하인 이반이 석유 등잔을 들고 들어왔다. 얼마 전 콧수염을 밀었고, 그래서인지 이 저택의 집사로 일하다 세상을 떠난 그의 아버지를 쏙 빼닮았다. 이반은 등잔을 작은 탁자 위에 조심스레 내려놓았다. 심지가 가지런히 손질되어 기름을 흠뻑 먹은 상태였다. 그는 분홍색 비단 갓을 등잔에 씌워 불빛을 소리 없이 가두었다. 비스듬히 기울어진 거울이 불빛을 받아 이반의 귀와 짧게 자른 백발을 비추었다. 그가 나가자 문이 삐걱거리는 소리를 내며 천천히 닫혔다.

슬렙초프는 무릎에 올려둔 손을 들어 찬찬히 바라보았다. 촛농 한 방울이 두 손가락 사이 얇은 주름 위로 떨어져 굳어있었다. 손가락을 벌리자, 작고 하얀 비늘처럼 굳은 촛농이 바스러졌다.

이튿날 아침이 밝았다. 슬렙초프는 그의 슬픔과 아무 관계도 없는 무의미하고 단편적인 꿈들로 얼룩진 밤을 보내고 베란다로 나갔다. 차가운 마룻장에 발을 딛자 경쾌한 권총 발사음 같은 소리가 났다. 베란다 창가에는 쿠션 없이 하얀 회반죽만 칠한 의자들이 놓여 있었다. 색색의 유리창에 스며든 아침 햇살이 의자에 반사되어 작은 천국 같은 마름모꼴 무늬를 만들었다.

덧문은 얼어붙어 처음엔 뻑뻑했지만 곧 기분 좋게 갈라지는 소리를 내며 열렸다. 서릿발 섞인 눈부신 대기가 슬렙초프의 얼굴을 덮쳤다. 얼어붙은 현관 계단 위에는 미끄러지지 말라고 붉은 모래가 뿌려져 있었는데, 빛깔이 마치 고운 계핏가루 같았다. 처마 밑에는 푸르스름한 빛을 머금은 굵은 고드름들이 줄지어 매달려 있었다. 바람에 날린 눈더미는 별채 창문까지 쌓여, 아담한 목조 건물을 얼음 같은 손아귀로 단단히 움켜쥐고 있었다. 여름이면 꽃밭이던 둔덕은 이제 눈으로 빚은 크림색 언덕이 되어 봉긋하니 솟아있었고, 저 멀리에는 하얗게 빛나는 공원이 어렴풋이 보였다. 공원의 나무들은 모두 눈에 덮여, 검은 가지마다 은빛이 감돌았다. 전나무들은 포동포동한 눈이 가지에 잔뜩

쌓여 초록빛 앞발을 바짝 오므린 짐승처럼 보였다.

 카라쿨 양털 깃이 달린 모피 안감의 반코트를
걸치고 높이 올라오는 펠트 장화를 신은 슬렙초프는
눈이 치워진 오솔길을 따라 눈부시게 아득한
풍경 속으로 천천히 걸어 들어갔다. 그는 자신이
여전히 살아있어서 눈의 찬란함을 바라볼 수 있고,
추위에 앞니가 시려오는 감각을 또렷이 느낄 수
있다는 사실에 놀랐다. 눈 덮인 덤불이 얼어붙은
분수를 닮았다는 것, 그리고 바람에 날려 쌓인 눈
비탈에 일렬로 찍힌 흔적이 개가 눈 위에 남긴 오줌
자국이라는 것도 알아차렸다. 눈의 표면은 노랗게
타들어 간 듯이 녹아있었다. 조금 더 걸어가자, 작은
나무다리의 버팀목들이 하얗게 쌓인 눈 위로 비죽
솟아있었다. 그곳에서 걸음을 멈추었다.

 슬렙초프는 비통함과 분노에 차서 다리 난간에
두텁게 쌓인 솜털 같은 눈을 거칠게 걷어냈다.
여름날이면 이 다리가 어땠는지 생생히 떠올랐다.
버드나무 꽃이삭이 흩날리는 미끄러운 널빤지 위를
걸어가던 아들이 난간에 앉은 나비를 잠자리채로
능숙하게 낚아채고 있다. 소년은 고개를 돌려
아버지를 바라본다. 햇빛에 검게 그을린 밀짚모자의
챙 아래, 소년의 얼굴 가득 웃음이 번진다. 영원히
사라져 버린 저 웃음. 소년은 허리띠에 매단 가죽
지갑의 쇠사슬을 만지작거린다. 모직 반바지를

입고 흠뻑 젖은 샌들을 신은 다리가 햇볕에 그을려
매끄럽게 빛난다. 두 다리를 넓게 벌리고 명랑하게
서 있는 모습이 여느 때와 다르지 않다.

얼마 전 소년은 페테르부르크의 병상에서
섬망에 빠져 학교와 자전거, 커다란 동양 나방에
대해 중얼거리다 마지막 숨을 거두었다. 어제
슬렙초프는 아들의 관을 시골로 실어와 마을 교회
곁 가족 납골당에 안치했다. 관에는 한 생애 전체의
무게가 실려있는 듯했다.

고요했다. 이렇게 청명하고 추운 날에만 느낄
수 있는 고요함이었다. 슬렙초프는 다리를 높이
들어 올려 오솔길에서 벗어났다. 눈 위에 그의
푸른 발자국이 움푹 남았다. 눈부시게 하얀 나무들
사이를 지나고 공원의 내리막길을 따라 강 쪽으로
접어드는 지점까지 걸어갔다. 저만치 보이는 강은
매끈하게 얼어붙은 표면에 구멍이 하나 뚫려있었고,
그 주변으로 얼음 몇 조각이 햇빛을 받아 반짝였다.

강둑 건너편에 늘어선 통나무집들의 눈 덮인
지붕 위로는 분홍색 연기가 기둥처럼 수직으로
피어올랐다. 슬렙초프는 카라쿨 양털 모자를
벗어들고 나무에 몸을 기댔다. 멀리서 농부들이
나무를 패는 소리가 들려왔다. 도끼질할 때마다 그
소리가 하늘로 낭랑하게 울려 퍼졌다. 엷은 은빛
안개가 낀 나무들 너머, 나지막한 통나무집들 위

하늘 높이 걸린 태양은 교회 십자가가 발하는 차분한
광채에 사로잡혀 있었다.

점심을 먹은 뒤, 슬렙초프는 등받이가 높다랗게
솟은 낡은 썰매를 타고 교회로 향했다. 얼어붙을 듯
차가운 공기 속에서 검은 종마의 굽 소리가 힘차게
울렸고, 눈 쌓인 낮은 나뭇가지들이 흰 깃털처럼
머리 위를 스쳤다. 그를 앞서는 바퀴 자국은
은청색으로 빛났다.

묘지에 도착한 그는 털장갑 낀 손을 철제 난간에
얹고 무덤 옆에 한 시간쯤 앉아 있었다. 난간의
냉기가 털장갑을 뚫고 들어와 손이 불에 덴 듯이
얼얼했다. 그는 가벼운 실망감을 안은 채 집으로
돌아왔다. 이상하게도, 아들이 묻혀있는 묘지에
있을 때보다 여름날 아들이 종종거리며 뛰어다니는
동안 남긴 수많은 샌들 자국이 눈 아래 고이 보존된
마당에서 아들을 훨씬 더 가까이 느낄 수 있었다.

저녁이 되어 발작적인 슬픔에 휩싸인 슬렙초프는
본채의 자물쇠를 풀게 했다. 문이 묵직한 신음을
내며 열렸다. 쇠 격자창이 달린 전실에서 훅 끼쳐오는
공기에는 겨울의 냉기와는 사뭇 다른 싸늘함이
배어있었다. 텅 빈 전실은 동굴처럼 소리가 울렸다.

슬렙초프는 경비원에게서 주석 반사경이 달린
등잔을 받아 들고 혼자 안으로 들어섰다. 조각
마룻바닥이 발밑에서 으스스하게 삐걱거렸다.

등잔의 노란 불빛이 방을 하나씩 비출 때마다
천에 덮인 가구들이 낯선 형체로 모습을 드러냈다.
천장에는 쨀랑거리던 샹들리에 대신 소리 없는 천
자루가 매달려 있었다. 슬렙초프의 거대한 그림자가
한쪽 팔을 천천히 뻗으며 벽을 가로질러, 천으로
덮인 그림들의 회색 실루엣 위를 떠다녔다.

그는 여름마다 아들이 공부방으로 쓰던 방에
들어갔다. 창턱에 등잔을 올려두고는 손톱이
부러지도록 힘을 주어 접이식 덧문을 열어젖혔다.
그러나 바깥은 온통 어둠뿐이었다. 덧문 안쪽 푸른
창유리에 그을음 낀 등잔의 노란 불빛이 어른거리자,
수염을 깎지 않은 그의 커다란 얼굴이 잠시 비쳤다.

그는 아무것도 놓여있지 않은 책상 앞에 앉아,
푸른 장미 화환 무늬가 흐릿하게 남은 벽지를
매서운 눈길로 바라보았다. 꼭대기부터 바닥까지
서랍이 빽빽이 달린 좁은 수납장. 덮개가 씌워진
소파와 안락의자들. 갑자기 그가 책상 위로 고개를
떨어뜨리더니 격렬히 몸을 떨기 시작했다. 두 손으로
책상 모서리를 움켜잡고는 먼지투성이의 차가운
나무에 입술을 갖다 대고, 눈물에 젖어 엉망이 된
뺨도 꾹 눌렀다.

책상 서랍 속에는 공책 한 권과 곤충 채집판,
검은 핀, 영국제 비스킷 통 하나가 있었다. 비스킷
통에는 3루블이나 주고 산 크고 이국적인 고치가

들어있었다. 만지면 종이처럼 바스락거리는 게, 마치 마른 갈잎을 접어 만든 듯했다. 아들은 병상에서 그 고치를 떠올리며 시골집에 두고 온 것을 아쉬워했지만, 고치 안에 든 번데기가 이미 죽었을 거라며 자신을 스스로 달랬다. 슬렙초프는 찢어진 잠자리채도 하나 발견했다. 접이식 테두리에 모슬린 그물망이 달린 것이었다. 그물망에는 여름 햇살에 달구어진 풀 내음이 아직도 남아있었다.

그는 온몸으로 흐느끼며 몸을 더 깊이 굽혀, 유리 덮개가 달린 표본 서랍을 차례로 꺼냈다. 희미한 등잔 불빛 속에서 가지런히 정리된 표본들이 유리 아래 비단처럼 은은히 빛났다. 이 방, 바로 이 책상 위에서 아들은 곤충들의 날개를 펼쳤다. 먼저 곤충을 조심스럽게 죽인 다음, 채집판을 꺼내 폭을 조절할 수 있는 두 나뭇조각 사이의 코르크 홈에 꽂았다. 아직 부드럽고 온기가 도는 날개는 종이 띠로 눌러 핀으로 고정시켰다.

표본들은 오래전에 말라 수납장으로 옮겨져 있었다. 화려한 호랑나비, 눈부신 주홍나비와 부전나비, 여러 종류의 표범나비들, 그중 어떤 것은 진주빛이 도는 날개 안쪽을 드러내려고 배를 위로 한 채 고정되어 있었다. 아들은 그 이름들을 라틴어로 읊곤 했다. 때로는 승리감에 취해 의기양양하게, 때로는 장난스럽게 비꼬듯이. 계속 떠올랐다. 나방들.

아, 그 나방들. 다섯 해 전 아들이 처음으로 잡은 사시나무박각시나방까지!

밤은 푸르스름했다. 달빛이 환했다. 하늘에 엷은 구름이 드문드문 떠다녔지만 얼음처럼 섬세한 달은 가리지 않았다. 마당 여기저기 달빛을 받은 눈더미에 쇳조각처럼 날카로운 반짝임이 일었고, 비둘기빛 서리가 앉은 나무들은 시커먼 그림자를 길게 드리웠다.

별채의 방은 난방이 잘 되어 따뜻했다. 이반이 아담한 전나무를 심은 질그릇 화분을 탁자 위에 올려놓았다. 슬렙초프가 겨드랑이에 나무상자를 끼고 본채에서 돌아왔을 때, 그의 눈은 충혈되어 있었고 뺨에는 잿빛 먼지가 묻어 있었다. 이반은 마침 십자가 모양으로 다듬은 전나무 꼭대기에 양초를 달려는 참이었다. 슬렙초프는 전나무를 멍하니 바라보다 물었다.

"그게 뭔가?"

이반은 주인에게서 상자를 받아 들며 낮고 부드러운 목소리로 대답했다.

"크리스마스가 내일로 다가왔습니다."

"아니야, 저리 치워버리게." 슬렙초프는 이마를 찌푸렸다. 그리고 속으로 생각했다. 오늘이 크리스마스이브라니, 어떻게 이럴 수가 있지? 내가 그날을 잊어버릴 수 있다니.

"나무가 아주 예쁘고 싱그럽네요. 잠시 여기 두시죠." 이반이 조심스레 말했다.

"제발 치워주게." 슬렙초프는 다시 한번 거절하고, 본채에서 들고 온 상자 위로 몸을 굽혔다. 그는 상자에 아들의 물건을 담아 왔다. 접이식 잠자리채, 배 모양의 고치가 든 비스킷 통, 채집판, 옻칠한 핀 상자, 그리고 파란 공책 한 권. 공책의 첫 장은 반쯤 찢겨나갔는데, 남은 부분에는 프랑스어 받아쓰기 한 토막이 적혀있었다. 그 뒤로는 일기, 채집한 나비들의 이름, 그리고 자질구레한 메모들이 이어졌다.

'늪을 건너 브로비치까지 걸었다…'

'오늘은 비가 왔다. 아버지와 장기를 두고 곤차로프의 『전함 팔라다』를 읽었다. 정말 지루했다.'

'무더운 날. 저녁에 자전거를 탐. 작은 벌레가 눈에 들어왔다. 일부러 그녀의 집 앞을 두 번이나 지나갔는데 그녀가 보이지 않았다.'

슬렙초프는 고개를 들고, 뜨겁고 커다란 무언가를 삼켰다. '그녀'라니, 누굴 말하는 거지?

'평소처럼 자전거를 탔다. 우리 눈이 거의 마주칠 뻔했다. 나의 사랑, 나의 연인……'

"이건 생각도 못 한 일이야." 슬렙초프는 낮게 속삭였다. "이제 나는 영원히 알 수 없겠지……"

그는 다시 고개를 숙이고, 여백을 따라

삐뚤빼뚤 흘러가는 어린애다운 필체를 암호
해독하듯 따라 읽었다.

'오늘은 갓 부화한 신선나비를 봤다. 가을이 왔다는
뜻이다. 저녁에는 비가 내렸다. 그녀는 아마 지금쯤 떠났을
것이다. 우리는 아직 친해지지도 못했다. 안녕, 내 사랑.
너무 슬프다……'

"나한테 한 번도 말한 적이 없는데…."
슬렙초프는 손바닥으로 이마를 문지르며 기억을
더듬으려 애썼다. 공책의 마지막 장에는 잉크로 그린
그림이 있었다. 코끼리의 뒷모습이었다. 굵은 기둥
같은 두 다리, 각진 귀의 모서리, 아주 작은 꼬리 하나.

슬렙초프는 일어섰다. 억눌러왔던 울음이
갑자기 다시 터져 나오려 했지만 이를 악물고
고개를 흔들었다.

"도저히 견딜 수가 없다." 그는 신음처럼 길고
느리게 다시 한번 내뱉었다. "나는— 이제— 도저히—
견딜— 수가— 없어……"

그리고 돌연히 생각했다. '내일이 크리스마스다.
나는 죽을 거야. 죽고말고. 그건 아주 간단해. 바로
오늘 밤……'

그는 손수건을 꺼내 눈물에 젖은 뺨과 수염을
닦았다. 손수건에 잿빛 얼룩이 남았다.

"……죽음."

슬렙초프는 기나긴 문장을 끝맺듯 나직이 말했다.

시계가 째깍거렸다.

푸른 유리창에는 서리가 겹겹이 내려앉아 정교한 무늬를 이루었다. 탁자 위에 펼쳐진 공책이 은은히 빛나고 있었다. 그 빛은 공책을 넘어 잠자리채의 모슬린 그물망을 스치고, 열린 비스킷 통의 모서리에 닿아 반짝였다. 슬렙초프는 두 눈을 감았다. 지상의 삶이 벌거벗은 채 눈앞에 펼쳐지며 순식간에 모든 것이 이해되는 듯했다. 삶이란 끔찍하게 슬프고, 굴욕적일 만큼 무의미한 불모의 세계였다. 기적이란 일절 존재하지 않는 세계.

그때였다. '딱'하고 가느다란 파열음이 들렸다. 팽팽히 당겼던 고무줄이 끊어질 때 나는 것 같은 소리였다. 슬렙초프는 눈을 떴다. 비스킷 통에 들어있던 고치의 꽁무니가 터져있었고, 생쥐만 한 크기의 까맣고 주름진 생명체가 탁자 위 벽을 기어오르고 있었다. 그것은 잠시 오르던 동작을 멈추더니, 솜털이 난 여섯 개의 검은 다리로 벽지를 붙잡은 채 기이하게 몸을 떨기 시작했다. 그 생명체는 번데기에서 빠져나온 것이었다. 비탄에 잠긴 한 남자가 양철통을 따뜻한 방으로 옮겨두어서, 그 방의 온기가 잎과 비단실로 짜인 팽팽한 껍질 속까지 스며들었다.

오랫동안 이 순간을 기다려온 그것은 온 힘을 끌어모아 긴장으로 굳어 있던 몸을 마침내 터뜨리고는 천천히, 그리고 기적처럼 부풀어 오르기 시작했다. 쭈글쭈글하던 조직이 서서히 퍼지고, 벨벳처럼 보드라운 가장자리도 한 겹씩 펼쳐졌다. 부챗살처럼 접혀있던 날개맥은 공기가 차오르면서 차츰 단단해졌다. 마치 아이의 얼굴이 눈에 띄지 않는 사이에 자라 어느 날 갑자기 성숙해지고 아름다워지듯, 그것 역시 눈에 띄지 않을 만큼 서서히 날개 달린 존재로 변해가고 있었다. 날개는 처음에는 연약하고 축축했지만, 조금씩 계속해서 커지더니 마침내 신이 정해 둔 한계까지 도달해 활짝 펼쳐졌다.

이제 벽에 매달린 것은 더 이상 작은 생명의 덩어리도, 시커먼 생쥐도 아니었다. 뭄바이의 황혼 녘에 등불 주위를 새처럼 날아다니는 거대한 인도비단나방 한 마리였다. 검고 두꺼운 날개에는 유리알처럼 반짝이는 눈 무늬가 새겨져 있었고, 갈고리처럼 굽은 앞날개의 끝에는 보랏빛 가루가 묻어 있었다. 나방은 부드럽고 황홀한, 거의 인간적인 행복에 사로잡혀 깊은숨을 들이마셨다.

낙엽 쓰는 사람

The Leaf-Sweeper, 1952
뮤리엘 스파크

시청 뒤편에는 나무가 우거진 공원이 있다. 11월이 끝나갈 무렵 공원은 푸르스름한 안개를 품기 시작해서 보통 2월 중순까지 그 안개 속에 잠겨 있다. 나는 날마다 공원을 지나면서 조니 게데스가 안개에 싸여 낙엽을 쓸고 있는 모습을 본다. 이따금 그는 비질을 멈추고 길쭉한 머리통을 홱 치켜든다. 그리고 바닥에 쌓인 낙엽 더미를 노려본다. 마치 거기 있어서는 안 될 것을 본 사람처럼. 그러고는 다시 묵묵히 낙엽을 쓸기 시작한다.

    조니가 낙엽 쓰는 일을 배운 것은 정신병원에 있던 시절이었다. 병원에서 그에게 맡긴 일거리가 바로 낙엽 쓸기였다. 퇴원한 뒤 시의회는 조니에게 다시 낙엽 쓰는 일을 맡겼다. 하지만 고개를 홱 치켜드는 분개한 몸짓은 오래전부터 그의 몸에 배어 있었다.

동기 중에서 가장 쾌활하고 당당하며 촉망받는 학생이던 시절부터 갖고 있는 버릇이었으니까 말이다. 지금 조니는 나이보다 훨씬 늙어 보인다. 그러나 생각해 보면 '크리스마스폐지협회'를 창립한 지 스무 해도 지나지 않았다.

당시 조니는 고모와 함께 살았다. 나는 학교에 다니고 있었는데, 크리스마스 연휴에 조니의 고모인 게디스 여사가 조카의 소책자 하나를 나에게 건넸다. 제목은 『크리스마스에 부자가 되는 법』이었다. 꽤 솔깃한 제목이었지만, 읽어보니 크리스마스에 부자가 되려면 크리스마스를 없애버려야 한다는 내용이었다. 그래서 나는 그 책을 더 깊이 생각하지 않았다.

하지만 그것은 조니의 첫 시도에 불과했다. 3년도 지나지 않아 조니는 '크리스마스폐지협회'를 설립했다. 그가 새로 쓴 책 『크리스마스를 폐지하지 않으면 우리는 죽는다』는 공공도서관에서 대출이 끊이지 않았고, 나도 마침내 내 차례가 되어 책을 읽었다. 이번에는 제법 설득력이 있었다. 사람들은 책을 덮을 무렵 그의 논리에 완전히 빠져들었다. 언젠가 나는 헌책방에서 그 책을 6펜스에 다시 구했는데, 세월이 흘렀어도 크리스마스가 국가적 범죄라는 그의 주장은 여전히 놀라울 만큼 치밀해 보였다. 조니의 논리에 따르면, '산업생산단위' 여섯 개 중 하나가 '교육수용아동단위'의 양말에 채워

넣을 장난감을 생산하지 않는 기간이 짧아질수록 한 나라의 모든 '인간단위'가 굶주림의 위기에 직면하는 기간은 반비례하여 길어진다. 그는 오싹한 통계를 제시했다. 매년 크리스마스마다 무모한 쇼핑과 무의미한 예배로 낭비하는 시간의 1.024 퍼센트만으로도 국가의 멸망을 5년이나 앞당긴다는 것이다. 이의를 제기하는 독자들도 있었지만 조니는 그들의 허술한 반박을 손쉽게 무너뜨렸다. 그러는 동안 협회 회원은 꾸준히 늘어났다. 하지만 조니는 괴로웠다. 세상은 여전히 크리스마스로 떠들썩했고, 협회 회원들 가운데 상당수가 '불참 서약'을 어겼다는 뒷얘기를 들었기 때문이다.

조니는 크리스마스를 뿌리부터 뽑아버리기로 결심했다. 스스로 '배수공급위원회'라 일컫던 안정된 직장을 그만두고 장래의 가능성도 모두 포기했다. 몇몇 후원자들의 지원금에만 기대어 2년 동안 세상과 단절한 채 크리스마스의 기원을 연구했다.

마침내 그는 칩거를 마치고 의기양양하게 돌아와 자신의 세 번째이자 마지막 책을 세상에 내놓았다. 이 책에서 조니는 초기 기독교 교부들이 이교도들을 달래기 위해 만들어낸 발명품이 크리스마스라고 주장했다. 아니면 이교도들이 기독교 교부들을 달래기 위해 만든 것이라고 했던가. 솔직히 말하자면 어느 쪽이었는지 나도 잊어버렸다.

아무튼 친구들의 만류를 뿌리치고 조니는 책에
『크리스마스와 기독교』라는 제목을 붙였다. 책은
딱 열여덟 권 팔렸다. 조니는 그 충격에서 끝내
회복하지 못했다. 하필 그때, 열성 폐지론자였던
약혼녀가 크리스마스 선물로 조니에게 손수 뜬
스웨터를 보냈다. 조니는 스웨터를 돌려보내며
크리스마스폐지협회의 규칙 사본을 동봉했다.
약혼녀는 곧 약혼반지를 돌려보냈다. 그가 연구에
몰두하는 사이에 협회는 온건파로 인해 기강이
흐트러지고 있었다. 온건파는 점점 더 온건해졌고
결국 협회는 완전히 붕괴했다.

    그 일이 있고 얼마 후 나는 그 지역을 떠났다. 다시
조니를 보게 된 건 몇 년이 지나서였다. 어느 여름
일요일 오후, 나는 하이드파크에서 연설을 들으러
모인 사람들 사이를 어슬렁거리고 있었다. 그중 작은
무리 하나가 '크리스마스에 맞서는 십자군'이라고
적힌 깃발을 든 남자 주위에 모여있었다. 남자의
목소리는 오싹함을 자아냈고 이상하리만치 멀리까지
울렸다. 조니였다. 군중 속에 있던 한 사람이 그를
가리키며 일요일마다 오는 남자라고 말해주었다.
크리스마스를 못 잡아먹어 안달인데, 너무 모욕적인
표현을 써서 언젠가는 체포될 거라고도 했다.

    며칠 뒤 정말로 신문에서 그의 체포 소식을
읽었다. 그리고 몇 달 후에는 정신병원에 있다는

이야기를 들었다. 조니는 머릿속에서 크리스마스를 지워버릴 수 없었고, 그래서 크리스마스에 대해 외치는 것도 멈출 수가 없었던 모양이다.

그 뒤로 나는 조니를 완전히 잊고 살았다. 그러다 3년 전 12월에 조니와 내가 젊은 시절을 보낸 동네 인근으로 이사하게 되었다. 크리스마스이브에 친구와 산책하면서 나는 그동안 무엇이 바뀌었고 무엇이 여전한지 살펴보고 있었다. 그러다 커다란 건물 하나를 지나갔다. 한때 무기고로 유명했던 곳이었다. 철문이 활짝 열려있었다.

"저 문은 항상 닫혀있었는데."

"지금은 정신병원이야." 친구가 말했다. "증상이 가벼운 환자들은 정원에서 일하게 하는데, 자유를 느끼라고 대문도 열어둔다네. 하지만 안쪽은 달라. 문마다 잠금장치가 있고 엘리베이터도 죄다 잠가두지."

친구가 말하는 동안 나는 철문 앞에 서서 안쪽을 바라보았다. 문 바로 안쪽에 잎이 하나도 남지 않은 커다란 느릅나무 한 그루가 서 있었다. 그 나무 아래서 갈색 코듀로이 옷을 입은 남자가 낙엽을 쓸고 있는 것을 보았다. 가엾은 사람. 그는 여전히 크리스마스에 대해 떠들고 있었다.

"조니 게디스잖아." 내가 말했다. "조니가 그동안 쭉 여기 있었던 거야?"

"맞아." 친구가 고개를 끄덕였다. "매년 이맘때면

증세가 더 심해진대."

우리는 나란히 걸어갔다.

"조니의 고모는 면회를 와?"

"오지. 그 아주머니는 조니 말고는 아무도 안 만나."

우리가 걷고 있는 방향은 마침 게디스 여사의 집 쪽이었다. 나는 예전에 여사와 꽤 가까이 지냈다. 가서 인사를 드리자고 친구에게 말했다.

"절대 안 돼. 난 싫어." 친구가 단호히 거절했다.

그래도 나는 들어가 보기로 했다. 친구는 혼자 시내 쪽으로 가버렸다. 게디스 여사는 동네 풍경보다 더 많이 변한 모습이었다. 예전에는 침착하고 차분한 여자였는데, 지금은 부산하게 움직이다 잠깐씩 불안한 미소를 짓곤 했다. 여사는 나를 거실로 안내한 뒤 방문을 열고는 안에 있는 사람에게 말했다.

"조니, 누가 우릴 만나러 왔는지 보렴!"

검은 양복을 입은 남자가 의자를 밟고 서서 그림 뒤에 호랑가시나무 장식을 달고 있다가 바닥으로 뛰어내렸다.

"메리 크리스마스." 남자가 말했다. "정말로 즐겁고 행복한 크리스마스를 보냈으면 좋겠네. 차 한 잔 꼭 하고 가. 아주 맛있는 크리스마스 케이크가 있거든. 선의로 가득한 기간이니까, 케이크가 얼마나 근사하게 장식되어 있는지 구경해 준다면 너무나 기쁠 거야. 케이크 위에는 빨간 아이싱으로 '메리 크리스마스'라고 쒸어 있고, 조그만 울새 장식도 있고, 그리고 또…."

"조니." 게디스 여사가 나직이 말했다. "캐럴을 틀어야지."

"아, 캐럴." 그는 레코드 한 장을 꺼내 축음기에 올렸다. 흘러나온 곡은 〈호랑가시나무와 담쟁이덩굴〉이었다.

"또 그 노래구나." 게디스 여사가 말했다. "다른 건 없니? 그 곡은 오전 내내 들었잖니."

"이 노래는 숭고해요."

그는 의자에 앉아 황홀한 미소를 지으며, 조용히 하라는 의미로 한 손을 들었다.

게디스 여사가 부엌에 가서 차를 준비하는 동안 남자는 음악에 완전히 빠져있었다. 나는 그를 바라보았다. 조니와 너무나 닮아서, 아까 정신병원에서 낙엽을 쓸고 있던 가엾은 조니를 목격하지 않았다면 나는 이 사람이 진짜 조니라고 믿었을 것이다. 게디스 여사가 쟁반을 들고 돌아왔다. 남자가 새 레코드를 갈아 끼우러 일어나더니, 나를 깜짝 놀라게 하는 말을 했다.

"하이드파크에서 연설하던 날, 군중 속에 네가 있는 걸 봤어."

"기억력이 어찌나 좋은지!" 게디스 여사가 말했다.

"그게 벌써 십 년 전일 거예요." 남자가 말했다.

"우리 조카는 크리스마스에 관한 생각을 바꿨단다. 이제는 매년 크리스마스마다 집에 와서 이렇게 즐거운 시간을 보내지. 그렇지, 조니?"

"물론이죠!" 그가 웃었다. "아, 케이크는 제가 자를게요."

남자는 케이크 때문에 한껏 들떠있었다. 커다란 칼을 호들갑스럽게 휘두르며 케이크 옆구리에 찔러 넣었다. 칼이 미끄러졌다. 그의 손가락에 칼날이 깊이 박히고 말았다. 그러나 게디스 여사는 미동도 하지 않았다. 남자는 손가락을 칼에서 빼내고는 계속 케이크를 썰었다.

"피 나는 거 아니야?" 내가 물었다.

남자가 손을 들어 보였다. 깊게 베인 상처가 보였지만 피는 한 방울도 나지 않았다. 나는 천천히, 어쩌면 필사적인 몸짓으로 게디스 여사를 돌아보며 화제를 바꾸었다.

"길 위쪽에 있는 그 큰 건물 말이에요. 이제 정신병원이 됐더라고요. 오후에 그곳을 지나왔어요."

"조니, 가서 고기파이를 좀 가져오렴." 게디스 여사는 게임이 끝났다는 사실을 알아차린 사람처럼 말했다.

조니는 휘파람으로 캐럴을 불며 거실에서 나갔다.

"정신병원을 지나왔다고?" 게디스 여사가 지친 표정으로 물었다.

"네."

"그러면 조니가 낙엽을 쓸고 있는 걸 봤겠구나."
"네."
휘파람 부는 소리가 아직도 들려왔다.
"저 사람은 누구죠?" 내가 물었다.
"조니의 유령이야. 해마다 크리스마스가 되면 집으로 돌아온단다. 하지만 나는 저 유령을 좋아하지 않아. 이제 더는 견딜 수가 없어. 나는 내일 떠날 거야. 내가 원하는 건 조니의 유령 따위가 아니라 살과 피를 가진 진짜 조니야."

나는 피 흘리지 못하는 손가락을 떠올리며 몸서리쳤다. 조니의 유령이 고기파이를 들고 돌아오기 전에 나는 그 집을 나왔다.

이튿날, 시내에 사는 지인 가족을 만나러 정오쯤 길을 나섰다. 옅은 안개 때문에 처음에는 앞에 있는 사람이 잘 보이지 않았다. 한 남자가 손을 흔들며 다가오고 있었다. 가까이 가보니 조니의 유령이었다.

"메리 크리스마스." 조니의 유령이 말했다. "그거 알아? 우리 고모가 런던으로 가버렸어. 세상에, 크리스마스날인데! 난 고모가 교회에 간 줄 알았어. 이제 혼자 크리스마스를 보내게 됐지 뭐야. 물론 나는 고모를 용서해. 지금은 선의로 가득한 기간이니까. 아무튼 널 만나서 반가워. 이제 네가 어딜 가든 함께할 수 있겠네. 우리 모두 행복한…."

"저리 가." 내가 말했다. 그리고 걸음을 재촉했다.

무정하게 들릴지도 모른다. 그러나 살아있는 사람의 유령이 얼마나 역겹고 혐오스러운지 몰라서 하는 말이다. 죽은 사람의 유령은 괜찮을지 몰라도 미친 조니의 유령은 소름이 끼쳤다.

"꺼지라니까." 내가 말했다. 그러나 그는 여전히 내 옆에서 걷고 있었다.

"지금은 선의로 가득한 기간이니까 그런 말투는 내가 이해할게. 어쨌든 난 너를 따라갈 거야."

우리는 정신병원 문 앞에 다다랐다. 안쪽 정원에서 낙엽을 쓸고 있는 조니가 보였다. 크리스마스날 일하는 것은 아마 그 나름대로 크리스마스에 불참하는 방식일 것이다. 그는 여전히 크리스마스에 대해 구시렁대고 있었다.

나는 충동적으로 조니의 유령에게 말했다.

"친구가 필요해?"

"물론이야." 그가 대답했다. "지금은 선의로 가득한…."

"그럼 친구를 갖게 해주지."

나는 철문 앞에서 소리쳤다. "조니!"

조니가 고개를 들었다.

"너의 유령을 데려왔어, 조니."

"이런, 이런." 조니가 다가와 자기 유령을 마주했다. "믿어지지 않는군!"

"메리 크리스마스." 조니의 유령이 말했다.

"진심이야?" 조니가 대꾸했다.

나는 그들을 남겨두고 자리를 떴다. 걷다가 혹시 치고받고 싸우는 게 아닌가 싶어 돌아보니 조니의 유령도 함께 낙엽을 쓸고 있었다. 둘은 낙엽을 쓸면서 무언가 말다툼을 하는 것 같았다. 하지만 안개가 여전히 짙었고, 다시 돌아봤을 땐 거기서 낙엽을 쓸고 있는 게 두 사람인지 한 사람인지 나도 확신할 수가 없었다.

새해가 되자 조니의 상태는 차츰 나아졌다. 적어도 더는 크리스마스에 대해 떠들어대지 않았다. 얼마 후에는 아예 크리스마스를 입에 올리지도 않았다. 몇 달 후 그가 거의 아무 말도 하지 않게 되자 병원은 그를 퇴원시켰다.

시의회는 공원에서 낙엽 쓰는 일자리를 그에게 주었다. 그는 말을 거의 하지 않고 아무도 알아보지 못한다. 나는 해마다 겨울이 끝나갈 무렵, 안개 속에서 낙엽을 쓸고 있는 조니를 본다. 이따금 돌연한 바람이 불어 낙엽이 휘날릴 때면 조니는 고개를 홱 치켜들고 낙엽을 노려본다. 이치대로라면 낙엽이 더 이상 떨어져서는 안 되는데 아직도 멀쩡하게 떨어지고 있다는 사실이 도무지 믿기지 않는다는 듯이.

한 편의 크리스마스 이야기

Eine Weihnachtsgeschichte, 1919
로베르트 발저

집으로 돌아가기 싫어 서성이다가 문득, 사람이 찾아오는 걸 달가워하지 않는 그분을 한번 방문해봐야겠다는 생각이 들었다. 나는 얼마 전 어느 모임에서 그를 알게 되었다. 괴짜로 알려진 그는 과묵하고 거침없는 성격이어서 어떤 이들은 호감을 느끼고 어떤 이들은 두려워했다. 존경 어린 눈으로 그를 바라보는 사람도 있었지만 여성들 사이에서는 평판이 그리 좋지 않았다. 뼛속까지 독신자라는 소문 때문이었다. 그를 높이 사는 이들이나 대단치 않게 여기는 이들이나 모두 그의 이야기가 나오면 미소를 지었는데, 그 미소에는 저마다 다른 의미가 담겨있었다. 나로 말하자면 그를 저 옛날 부르고뉴 공작에 맞서 싸우던 스위스 동맹군의 후손으로 여기고 있었다.

그의 집을 찾아가 문을 두드리는 순간, 어쩌면 내가 성가신 존재가 될지도 모른다는 생각이 들었다. 그는 "들어와요"라고 했지만, 적잖이 무뚝뚝한 그 말투에는 불청객이 사라져 버렸으면 하는 기색이 역력했다.

"제가 방해되겠지요." 나는 환하고 넓은 서재 안으로 들어서면서 솔직히 말했다.

원치 않는 손님을 맞은 그는 짧고 단호하게 대답했다. "그야 그렇죠."

앞서 말했듯 그는 거리낌 없이 직설적인 화법으로 이름이 났고 더러는 까칠하다는 평까지 받다 보니 사람들이 존경심을 온전히 유지하기 힘들게 만드는 인물이었다.

"앉으시죠. 무슨 일로 왔습니까?"

까칠한 어조였다. 그것은 마치 곰이나 빙하기에서 온 사람, 혹은 원시인이 내는 소리 같았다. 안경 너머로 커다랗고 총명한 눈동자가 반짝였다. 나는 명령을 받은 대로 자리에 앉았다. 그러나 무슨 일로 왔느냐는 질문에는 나 자신도 선뜻 답할 수 없었다.

"딱히 바라는 건 없습니다." 내가 조심스레 입을 열었다.

"그래요? 바라는 게 없다고요? 그러니까 당신은 그냥 오게 되니까 왔고, 가게 되면 갈 뿐이군요. 다른 목적은 없이 말이지요. 방문의 사유로는 참으로

부족하네요. 바라는 게 딱히 없다는 당신의 말은 적어도 사실이겠습니다만. 아무튼 방문해 줘서 기쁩니다. 목적도 없는 방문이긴 하지만요."

나는 입을 다물었다. 그도 마찬가지였다. 두 사람 사이에 의미심장한 침묵이 흘렀다. 이따금 서로를 바라보았다. 최대한 아무 목적 없이. 그는 하품을 했다. 나는 예의범절 따위는 대놓고 무시하는 철학자를 보며 감탄했다. 공적을 지닌 사람이라면 지나치게 적절한 태도보다는 오히려 적당히 부적절한 태도가 더 격에 맞다. 우리는 서로를 고집스레 응시하며 침묵을 이어갔다. 그의 혀는 마비라도 된 듯 굳어 있었고 내 혀도 별반 다르지 않았다.

'인제 그만 썩 꺼져버려.' 이런 생각이 그의 눈빛과 표정에 노골적으로 드러났다. 나는 감히 계속 머무를 수도, 그렇다고 떠날 수도 없어 머뭇거렸다. 일어서야겠다는 마음을 먹다가도 그냥 앉아있었고, 앉아있어야겠다 싶으면 이내 도망쳐 달아나는 편이 낫겠다는 생각이 들었다. 그렇지만 나는 달아나지 않았다. 달궈지는 숯 위에 걸터앉은 듯 초조하게 자리를 지킬 뿐이었다.

내가 그에게 할 말이 있긴 했을까? 있다 한들 뭐 한두 마디였을 것이다. 그렇다면 그 얼마 되지 않는 말이나마 얼른 꺼내야 했다. 그러나 모든 것은 생각에만 머물렀다. 대화는 침묵으로만 이루어졌고,

따라서 지독히 단조로웠다.

'어서 도망쳐!' 나는 스스로 다그쳤다. 그러나 여전히 의자에 붙박인 채였다. 마치 못으로 박히기라도 한 것 같았다. 의심할 바 없이 유감스러운 이 처지에서는 몸부림이라도 쳐야 가까스로 벗어날 수 있을 듯했다. 그러나 나는 배짱이 두둑하고 죽음을 두려워하지 않는 담대한 사람인 척하며 그대로 누워있었다. 아니, 앉아있었다. 그 상황은 몹시 우스꽝스러웠다. 아니, 차라리 끔찍했다.

흔히들 "말이 말을 부른다"라고 하지만, 여기서는 그럴 여지가 없었다. 애초에 어떤 말도 나오지 않았기 때문이다. 마침내 나는 더 이상 버틸 수 없음을 깨달았다. 아쉽지만 모자를 집어 들었다. 아니, 사실 모자는 오래전부터 손에 쥐고 있었다. 떠나고 싶은 마음도 오래전부터였으니까. 그러나 이번에는 정말로 일어섰다. 일어섰다는 것만으로도 주목할 만한 성취였다. 그리고 떠난다는 것은 우리 둘 모두에게 해방이었다.

그는 달리 말할 방법이 없다는 투로 말했다.

"당신의 방문은 내게 최고의 기분 전환이 되었습니다. 당신이 대화를 나누는 기발하고 매력적인 방식 덕분에 무척 즐거웠습니다. 무엇보다도 나를 두고 떠나기로 결심한 사실이 가장 기쁩니다."

"제가 떠나는 게 얼마나 반가우실지 잘 압니다."
내가 대답했다. "솔직히 인정합니다. 진작 그래야
했지요."

우리는 서로를 향해 활짝 웃어 보였다.
그러고는 각자의 길을 갔다. 나는 문을 나섰고,
그는 홀가분하게 방 안을 거닐었다. 나는 속으로
다짐했다. '다시는 저 사람에게 가지 않으리라.' 그
역시 생각했을 것이다. '그자가 제발 다시는 나타나지
않기를.' 이렇게 해서 우리는 더없이 훌륭하게
의견이 일치한 셈이다.

밖으로 나오자 부끄러움이 밀려왔다. 나는 늘
이런 식으로 사람들로부터 떠나왔다. 반쯤은 우습고
반쯤은 서글펐다. 눈이 내리고 있었다. 자욱한
눈발 사이로 저녁 종소리가 울려 퍼졌다. 도시는
마치 동화의 한 장면 같았다. 눈송이들이 부드럽게
소용돌이치며 사랑스럽게 흩날렸다. 한 송이가
입술에 닿으니 마치 입맞춤을 받은 기분이었다.
모자와 외투는 이내 새하얗게 변했고 거리도 집도
행인도 모두 눈으로 덮였다. 고요 속에 불빛들이
반짝였다. 그 순간 세상에는 오직 아늑한 집과
다정한 사람들, 즐거운 기운과 친절한 말, 형언할 수
없는 평안만이 존재하는 듯했다.

학자도 지금쯤 창가에서 아늑하게 내리는 눈을
보고 있을 터였다. 그 역시 이 눈을 반기고 있을까?

분명 그럴 것이다. 이렇게 아름다운 것을 보고서
기뻐하지 않을 사람은 없다. 보는 이마다 아름답다고
여길 것이다.

　　나는 여러 아이의 아버지이면서, 동시에 다시금
아이였다. 사랑스러운 아이를 껴안는 어머니였고,
동시에 아직 말을 못 하는 아이이기도 했다. 상상
속에서 나는 집을 한 채 가지고 있었다. 개가 문
앞을 지키고 있었고 활기찬 아내는 내가 귀가하기를
기다리고 있었다. 내 아들은 탁자에 앉아 숙제를
하고 있었다.

　　나는 생각했다. '눈 내리는 시간은 나를 행복한
시민의 삶으로, 가족의 품으로 데려간다. 나는
아몬드와 오렌지, 대추를 먹고, 크리스마스 초가
전나무 가지를 태우며 바스락거리는 소리를
무심결에 듣는다. 축제의 온갖 향기가 코앞에
펼쳐진다. 나는 기꺼이 성실한 남자, 올곧은 한
사람이 될 것이다. 그런데 지금, 어떻게 집으로
돌아갈 수 있단 말인가, 아무런 아늑함도 없는
곳으로? 눈 속에 파묻혀 고요히 죽어가는 자여. 설령
앞날이 보잘것없다 해도 삶은 여전히 아름답다네.'

　　나는 그냥 땅바닥에 주저앉아 잠들 때까지
기다리고 싶었다. 그리고 눈에 관한 글을 써야겠다고
마음먹었다. 내 시 속에서도 지금처럼 눈송이가
자욱이 흩날렸으면 했다. 내가 느끼는 그리움이

그대로 담겼으면 했다. 눈 속을 헤치며 걷다 발이 붙들린 지금 내 모습은 조금 전 교수 앞에서 꼼짝 못 하던 모습과도 닮았다. 그 생각에 얼굴이 달아올랐다. 아마 오래도록 그 일을 떠올리며 웃게 될 것 같았다.

    크리스마스가 돌아올 때마다 사람들은 많이 웃는다. 그러나 반드시 눈물도 뒤따른다. 작은 슬픔도 쉽사리 마음속에 스며들고, 지난날의 기억이 애틋하게 되살아나 아물었던 상처를 다시 벌어지게 하기 때문이다. 그러면 즐거움은 사라지고 고통이 얼굴을 내민다. 하지만 바로 그것이 저 깊은 곳에 있는 영혼의 진정한 모습이다. 하느님, 우리네 인간을 당신 뜻대로 하소서. 당신이 내리는 결정은 모두 선하고 옳습니다.

기적이나 구원은 아닐지라도

엮은이의 글

이 책에 실린 작품들은 모두 각자의 방식으로 고독과 죽음, 실패와 전락을 말하고 있다.

「전나무」에서 크리스마스는 축복이나 기쁨의 시간이 아니다. 오히려 죽음과 소멸의 계기로 제시된다. 얼른 자라서 화려한 크리스마스트리가 되기를 꿈꾸던 전나무는 그 꿈이 실현되는 순간 생의 종말을 맞는다. 전나무가 그토록 열망하던 성장은 사실상 죽음으로 향하는 과정이었고, 이 역설은 더 나은 미래를 좇느라 현재를 허비하는 인간의 어리석음을 떠올리게 한다. 안데르센의 담담하고 꾸밈없는 문체가 이 짧은 우화를 오히려 더 아픈 비극으로 만든다.

타고난 이야기꾼 오 헨리의 단편 「경찰과 찬송가」는 최소한 세 번쯤 읽어보기를 권한다. 한 번 읽으면 오 헨리의 강점인 반전 결말에 웃게 되고, 두 번째에는 대도시에서 의지할 곳 없이 살아가는 이들의 현실이 결코 머나먼 곳의 이야기 같지 않아 씁쓸해진다. 그리고 한 번 더 읽으면 단어마다 문장마다 행간마다 스며있는 아이러니와 날카로운 풍자가 한층 선명히 눈에 들어온다.

찰스 디킨스에게 크리스마스는 사회 불평등 문제를 다루기에 더없이 좋은 무대였다. 말년에 쓴 「신호수」는 그가 편집과 발행을 맡았던 잡지 《All the Year Round》의 크리스마스 특별호에 실린 연작소설 가운데 한 편이다. 작품 안에는 크리스마스가 직접 등장하지 않지만, 크리스마스이브에 유령 이야기를 읽던 당시 영국의 풍습과 작품 의도를 떠올리면 이 책에 수록된 고독한 주인공들의 이야기와 함께 읽어도 좋을 것 같다.

    디킨스는 유령 이야기의 형식을 빌려 근대적 인간의 불안과 소외를 묘사한다. 「신호수」에서 기술 문명의 상징인 철도는 과거와 미래, 삶과 죽음, 우연과 필연의 경계를 오가는 배경이 된다. 고립된 노동자의 삶과 설명하기 어려운 죽음의 공포가 합리의 시대 밑바닥을 흐르는 어둠을 드러낸다.

「구유 옆의 소와 당나귀」도 주변부의 존재를 주인공으로 불러세우는 이야기다. 마리아와 요셉이 묵을 방이 없어 말구유에서 예수를 낳을 때, 그 곁에는 소와 당나귀가 있었다. 성경에 등장하지 않고 외경에서조차 잠깐 언급될 뿐인 이 비인간 동물들의 시선으로, 예수 탄생이라는 가장 성스러운 이야기는 다시 쓰인다. 소가 나직이 내뱉은 "우리 몫의 후광은 없나 보네"라는 말에는 곱씹을수록 깊은 울림이 있어, 이 책의 제목으로 삼았다.

쥘 쉬페르비엘은 두 동물을 통해 신앙을 실천하는 상반된 태도를 병치한다. 소는 침묵과 기도, 은둔과 자기희생으로 신을 섬기는 반면, 당나귀는 능동적이고 현실적이며 때로는 자신의 욕망과 판단에 따라 행동한다. 작가는 어느 한쪽을 비난하거나 이상화하지 않는다. 대신 특유의 시적 통찰로 기독교적 상징을 존재에 대한 보편적 질문으로 확장한다.

블라디미르 나보코프의 「죽음」은 원래 제목이 '크리스마스'였으나, 저작권 관리자의 허락을 얻어 제목을 바꾸었다. 이 책에 실린 작품들 중에서 희망의 여지를 조금이나마 엿볼 수 있는 유일한 이야기일지도 모른다. 어린 아들의 죽음으로 삶의 이유를 잃은 아버지는 비탄에 잠겨 자살을 결심하지만, 아들이 남긴 유품 속에서 뜻밖의 신호를 마주한다.

    그 경이로운 순간을 어떻게 받아들일지는 독자의 해석에 달려있다. 기적을 믿지 않던 주인공 앞에 나타난 부활의 징표로 읽어도 좋고, 신이 부재하는 세계에서도 존재의 신비와 아름다움이 스스로 어떤 질서를 이루고 있음을 보여주는 장면으로 읽어도 좋을 것이다.

「낙엽 쓰는 사람」은 크리스마스를 없애야 한다는 망상적 캠페인을 벌이다가 끝내 정신병원에 수용된 남자의 이야기다. 그러나 이 인물을 단순히 상업적이고 관습적인 성탄절에 환멸을 느낀 사람으로만 볼 필요는 없을 것 같다. 무언가를 지나치게 증오한 나머지 그 대상에 사로잡혀 버리는 일은 누구에게나 일어날 수 있기 때문이다.

    이 작품은 전통적인 유령 이야기의 관습을 살짝 비튼다. 뮤리엘 스파크가 그리는 유령은 불가사의한 공포나 미지의 대상이 아니라, 성가시고 우스꽝스러우며 그래서 오히려 조금은 애처로운 존재다. 거부와 집착, 사랑과 혐오의 경계가 흐려진 세상에서 피아를 명확히 구별하기란 쉽지 않다. 그럴 때 유령은 '과거의 나'와 '현재의 나'가 공모하는 삶을 기웃거리는 또 하나의 자아가 된다.

산책을 몹시 사랑한 것으로 알려진 로베르트 발저는 산책만큼이나 눈 내리는 풍경과 크리스마스에 관한 이야기를 즐겨 썼다. 「한 편의 크리스마스 이야기」는 아주 짧은 글이지만 이 세 요소가 모두 들어 있다. 1956년 크리스마스에 발저는 홀로 산책을 나섰다가 눈밭에서 얼어붙은 채 발견되었다. 그 사실을 떠올리면, 이 글은 마치 작가가 자신의 죽음을 예감하고 쓴 예언처럼 읽히기도 한다.

그는 크리스마스를 따뜻한 귀향의 시간으로 묘사하지만, 실제로 그가 보여주는 것은 기대와 현실의 간극, 채워지지 않는 결핍과 정처 없는 방황이다. 갑작스레 찾아온 주인공에게 철학자가 던지는 "그러니까 당신은 그냥 오게 되니까 왔고, 가게 되면 갈 뿐이군요"라는 말은, 목적 없이 태어나 세상에 던져진 인간 존재의 부조리를 차갑고 무심한 시선으로 드러낸다.

마지막으로 도판에 대해서도 덧붙인다. 이 책에 실린 그림은 모두 테오 반 호이테마의 작품이다. 19세기 말에서 20세기 초 네덜란드 아르누보 전성기에 활동한 일러스트레이터이자 석판화가였던 그는 섬세하고 정교한 동물화를 많이 남겼다. 그러나 그의 그림을 찬찬히 들여다보면 양식적 미감보다 더 눈길을 끄는 것이 있다. 동물과 그 주변 풍경을 바라보는 이상하리만치 쓸쓸한 시선이다.

호이테마의 자연 묘사는 치밀하고 사실적이지만, 그것은 생명으로 충만한 세계의 재현이라기보다 삶과 죽음의 경계에 선 존재의 유한성을 직시하는 태도에 가깝다. 그래서 살아있는 순간을 영원으로 남기는 대신, 소멸하는 찰나를 현재에 기입한다는 인상을 준다.

호이테마의 그림 속 동물들은 귀엽지도 아름답지도 않다. 눈을 맞고 있는 참새, 적막한 호수를 홀로 떠가는 오리, 들판에 쓰러져 죽은 물떼새, 먼 곳을 응시하는 바다사자, 그가 그린 존재들은 하나같이 침울하고 고독한 모습이다. 그것은 이 화가가 자연사박물관에서 박제동물 삽화를 그리며 오랫동안 죽음의 이미지를 마주했기 때문만은 아닐 것이다. 오히려 강과 숲과 들판을 누비는 존재들 속에서 계절의 순환과 시간의 흐름, 고독과 쇠락의 징후를 집요하게 관찰했기 때문이다. 살아있는 것은 언젠가 소멸하고 그럼으로써 또 다른 시작이 찾아온다는 사실은, 기적이나 구원은 아닐지라도 추운 겨울 우리를 겸허하게 만들어주는 또 하나의 진실이다.

작가 소개

로베르트 발저

Robert Walser, 1878-1956

스위스의 소설가, 시인. 어린 시절 연극에 매료되어 독일로 가서 배우의 길을 모색했으나 뜻을 이루지 못하고 스위스로 돌아왔다. 이후 은행원, 하인, 사서 등 다양한 직업을 전전하며 글을 썼고, 대표작으로 『야콥 폰 군텐』, 『타너가의 남매들』, 『산책』 등이 있다. 프란츠 카프카와 헤르만 헤세 등의 작가들에게 찬사를 받았으나 공황과 환각 증세에 시달리다 말년에는 거의 정신병원에서 지냈다. 1956년 크리스마스에 눈밭에서 숨진 채 발견되었다.

뮤리엘 스파크

Muriel Spark, 1918-2006

스코틀랜드의 소설가, 시인. 에든버러에서 태어나 제임스 길레스피 여학교에서 공부했다. 이 학교는 장편소설 『진 브로디 여사의 전성기』의 모델이 되었다. 젊은 시절 시로 문단에 데뷔했으나 제2차 세계대전 이후에는 소설을 썼다. 대표작으로 『위로하는 사람들』, 『메멘토 모리』 등이 있다. 1979년 이탈리아 토스카나의 올리베토 마을로 이주해 여생을 보냈다.

블라디미르 나보코프

Vladimir Nabokov, 1899-1977

러시아 상트페테르부르크에서 태어난 소설가이자 언어학자, 번역가, 곤충학자. 1917년 러시아 혁명 이후 유럽에서 망명 생활을 하다가 1940년 미국으로 이주해 영어로 집필을 이어갔다. 대표작으로 『롤리타』, 『프닌』, 『창백한 불꽃』 등이 있다. 러시아문학과 영문학 양쪽 모두에 뚜렷한 발자취를 남긴 드문 작가로 평가된다.

오 헨리

O. Henry, 1862-1910

미국의 소설가. 노스캐롤라이나주 그린즈버러에서 태어났으며, 본명은 윌리엄 시드니 포터(William Sydney Porter)다. 젊은 시절 은행원과 기자로 일하다가 텍사스에서 투옥된 경험을 계기로 본격적인 집필을 시작했다. 일상 속 인물들의 삶을 따뜻한 유머와 반전의 서사로 그려낸 단편소설의 대가로, 『마지막 잎새』가 널리 알려져 있다.

쥘 쉬페르비엘

Jules Supervielle, 1884-1960

우루과이에서 태어나 프랑스어로 작품 활동을 한 시인이자 소설가. 1894년 프랑스로 이주했으며, 전쟁과 망명 중에는 우루과이에 체류하기도 했다. 1901년 시집 『과거의 안개』로 문단에 데뷔했고, 당시 주류였던 초현실주의를 거부하면서도 일상의 신비와 시적 환상이 깃든 작품을 써 주목받았다. 소설집으로 『바다 위의 아이』, 『노아의 방주』 등이 있다.

찰스 디킨스

Charles Dickens, 1812-1870

19세기 빅토리아 시대를 대표하는 영국의 작가, 사회 비평가. 어린 시절부터 공장에서 일한 경험은 그의 작품 전반에 깊은 영향을 미쳤다. 빈곤과 계급 모순을 풍자적으로 묘사하는 작품을 많이 썼으며, 연재 형식의 대중소설을 예술적 수준으로 끌어올린 작가로 평가받는다. 대표작으로 『올리버 트위스트』, 『위대한 유산』, 『크리스마스 캐럴』 등이 있다.

한스 크리스티안 안데르센

Hans Christian Andersen, 1805-1875

덴마크의 동화작가, 시인. 가난한 구두 수선공의 아들로 태어났다. 어려서부터 연극과 문학에 매료되었으나 불우한 환경 속에서 독학으로 글을 배웠다. 1835년 발표한 『아이들을 위한 동화』를 시작으로 『인어공주』, 『미운 오리 새끼』, 『성냥팔이 소녀』 등 수많은 걸작을 남겼다. 평생 유럽 전역을 여행하며 살았고, 그의 이름은 오늘날 어린이문학의 상징이 되었다.

삽화가 소개

테오 판 호이테마

Theo van Hoytema, 1863-1917

네덜란드의 석판화가, 일러스트레이터. 네덜란드 아르 누보(Art Nouveau) 시대를 대표하는 인물이다. 레이덴 자연사박물관에서 동물 표본을 그리는 제도사로 일했으며, 섬세하고 사실적인 동물화를 많이 남겼다. 1893년 안데르센의 동화 『미운 오리 새끼』를 바탕으로 한 그림책을 제작했으며, 이후 매년 발표한 '동물 달력' 일러스트레이션으로도 널리 알려졌다.

원전 및 저작권

전나무
'The Fir Tree' (Grantræet) by Hans Christian Andersen translated by Jean Hersholt from *The Complete Andersen* (New York, 1949). Public domain.

경찰과 찬송가
'The Cop and the Anthem' by O. Henry in *The Four Million* (New York: McClure, Phillips & Co., 1906). Public domain.

신호수
'The Signalman' by Charles Dickens in *Mugby Junction* (Christmas Number of All the Year Round, London, 1866). Public domain.

구유 옆의 소와 당나귀
'Le bœuf et l'âne de la crèche' by Jules Supervielle in *L'Enfant de la haute mer et autres nouvelles* (Gallimard, 1931). Public domain.

죽음
'Christmas' by Vladimir Nabokov from *COLLECTED STORIES* Copyright © Dmitri Nabokov, 1995, 2002, 2008, used by permission of The Wylie Agency (UK) Limited.

낙엽 쓰는 사람
'The Leaf-Sweeper' from *THE COMPLETE SHORT STORIES* by MURIEL SPARK © Copyright Administration Ltd., 2001, published by Canongate Books, reproduced by kind permission by David Higham Associates.

한 편의 크리스마스 이야기
'Eine Weihnachtsgeschichte' by Robert Walser in *Pro Helvetia*, Jg. 1, H. 12 (15 Dec 1919). Public domain.

도판
All illustrations by Theo van Hoytema from the collection of the Rijksmuseum, Amsterdam. Public domain.

우리 몫의 후광은 없나 보네

ISBN 979-11-986502-9-0　　1판 1쇄 발행 2025년 11월 11일
(03840)　　　　　　　　　　1판 2쇄 발행 2025년 11월 28일

지은이
　로베르트 발저
　뮤리엘 스파크
　블라디미르 나보코프
　오 헨리
　쥘 쉬페르비엘
　찰스 디킨스
　한스 크리스티안 안데르센

엮고 옮긴이
　김영글

삽화
　테오 판 호이테마

디자인
　이재민

펴낸곳
　돛과닻
　등록 2019년 11월 15일
　제2019-000091호
　서울시 서대문구 연희로 30, 406호

　sailandanchor.info@gmail.com
　sailandanchor.net
　instagram @sailandanchor

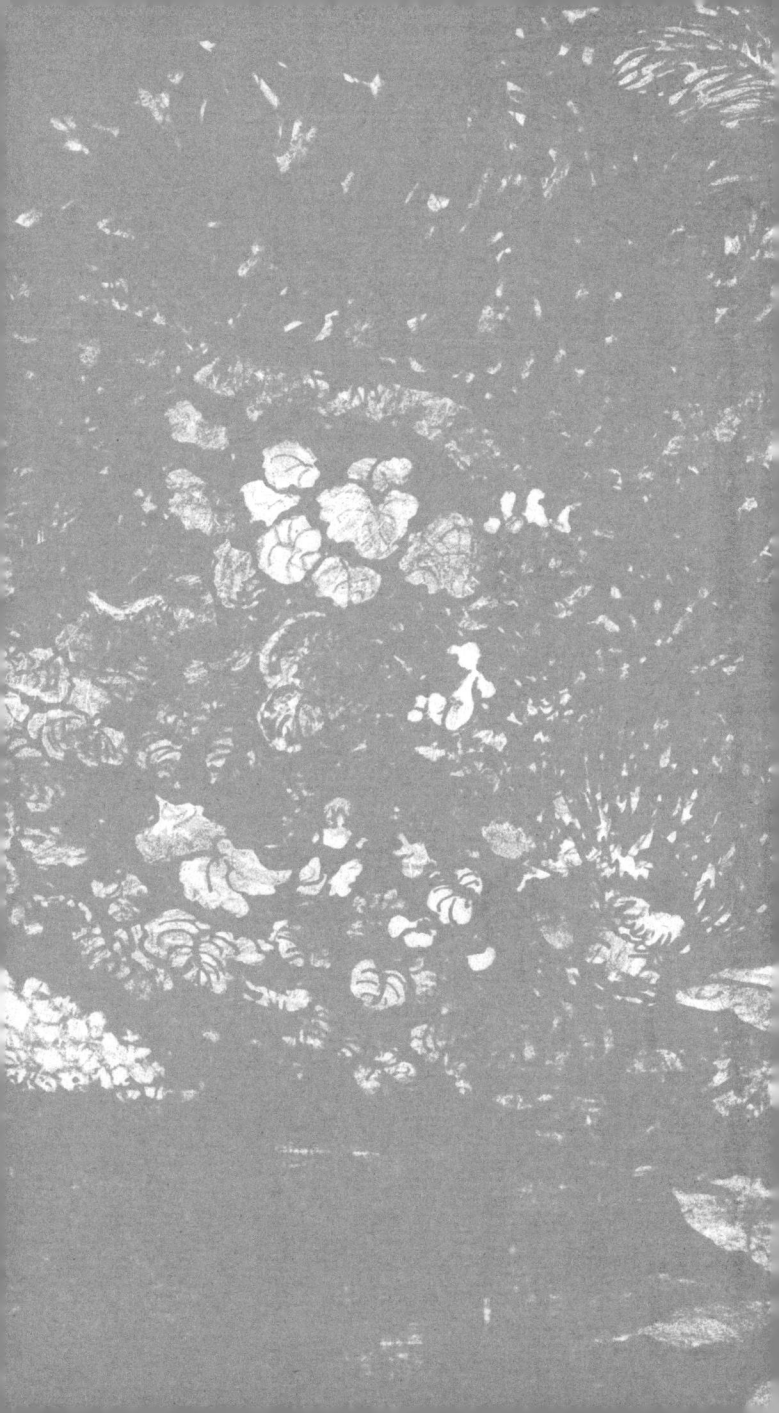

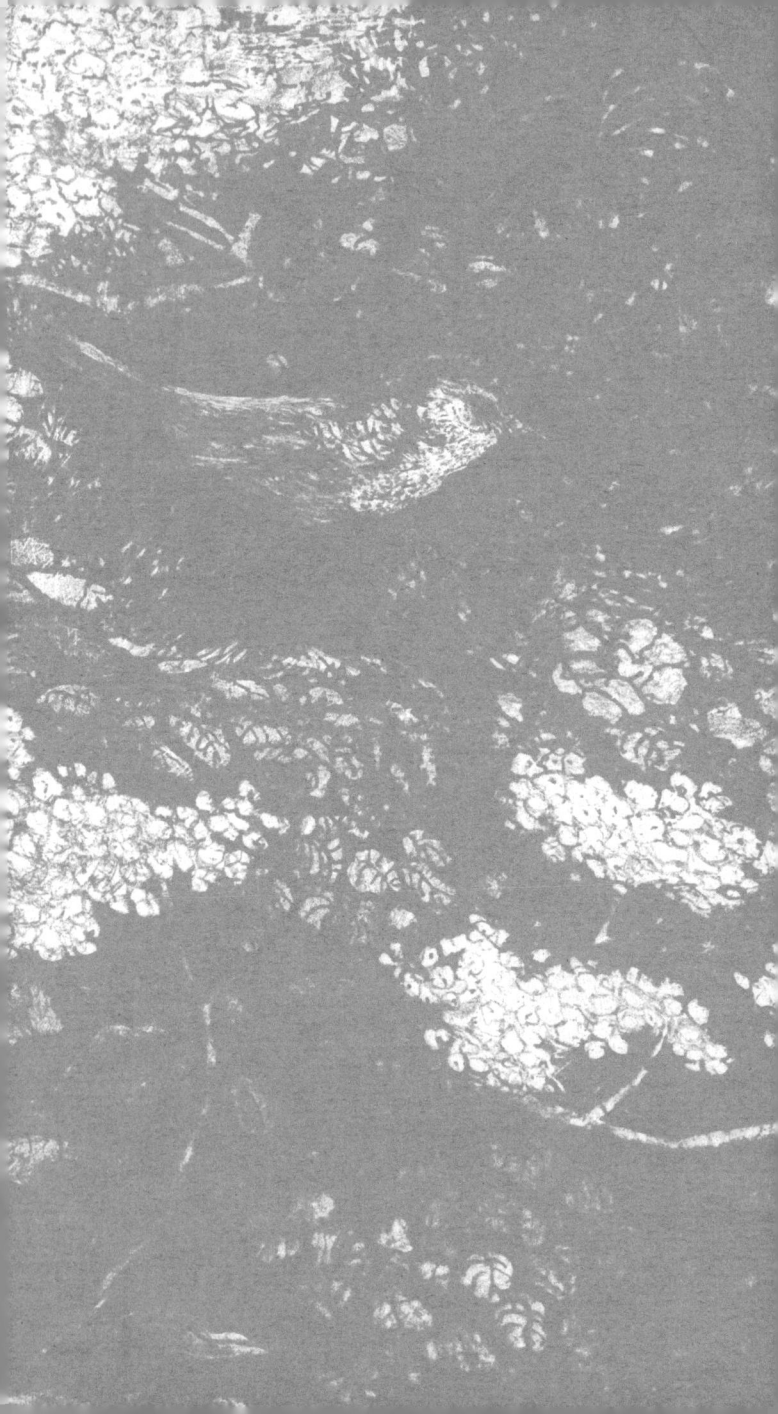

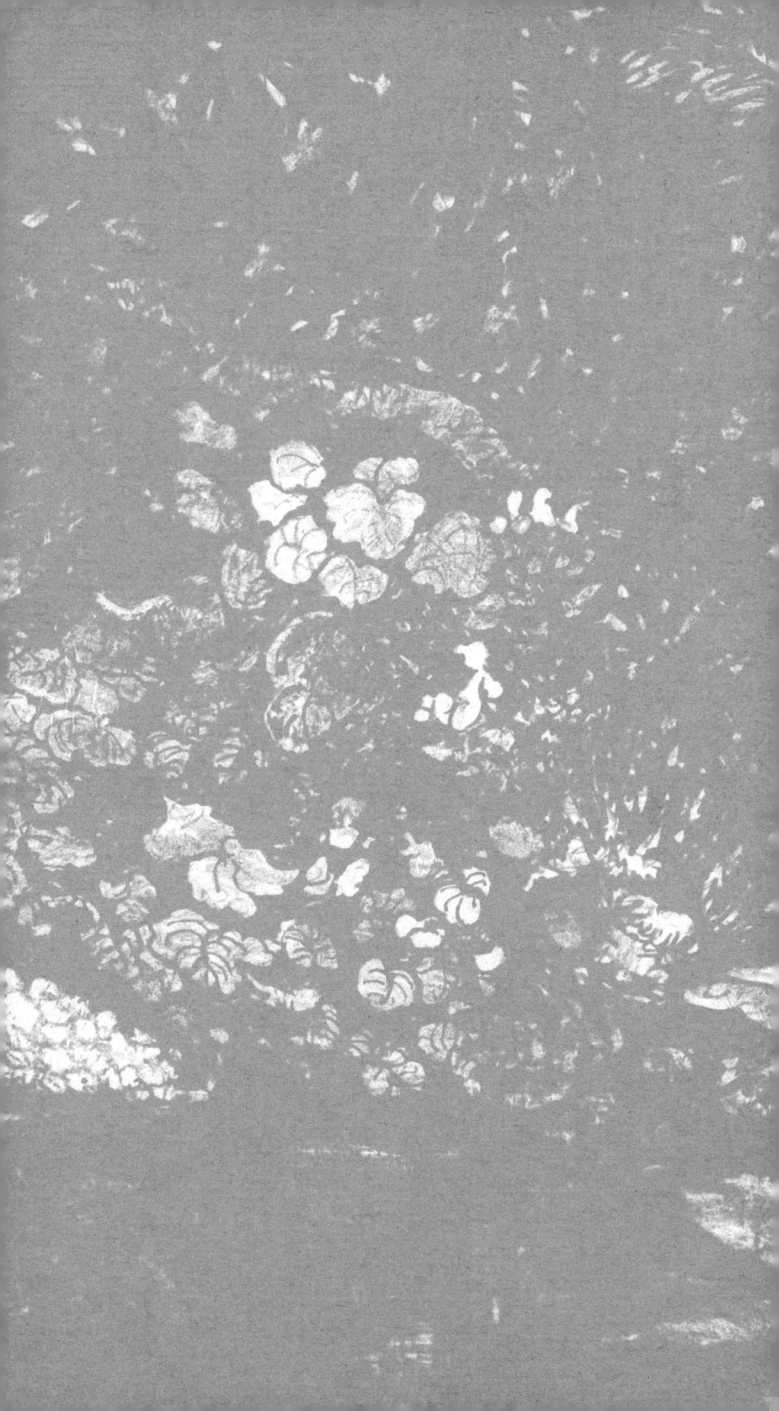

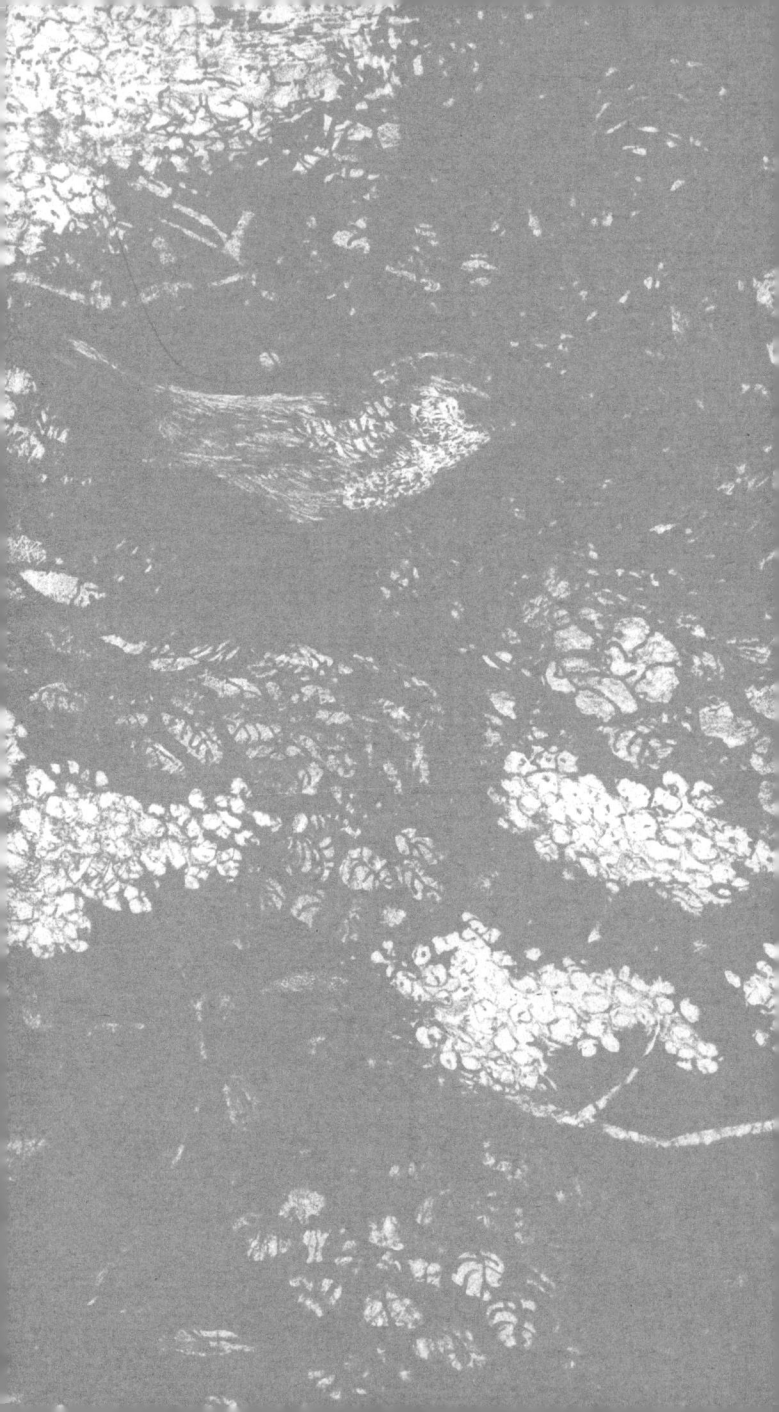